C. P. Heinke

Goldchen

Lustspiel in vier Akten

C. P. Heinke

Goldchen

Lustspiel in vier Akten

ISBN/EAN: 9783743429222

Hergestellt in Europa, USA, Kanada, Australien, Japan

Cover: Foto ©Andreas Hilbeck / pixelio.de

Manufactured and distributed by brebook publishing software (www.brebook.com)

C. P. Heinke

Goldchen

Goldchen.

Lustspiel in vier Acten

von

C. P. Heinke.

(Alle Rechte vorbehalten).

Rostock.
Druck von F. Groth.
1880.

Personen.

Pirkner, Besitzer des Witzblattes „Knall".
Marie, } seine Töchter.
Christine,
Mathilde Weißen, seine Nichte.
Martha Blind.
Dr. Frosch, Wittwe.
Ludwig Ziesel, Kaufmann.
Franz Webel, Maler.
Carl Heise, } Schauspieler.
Ehrenfranz,
Jette, Dienstmädchen bei Pirkner.

Ort der Handlung:
In Pirkner's Wohnung, in einer großen Residenzstadt.
Zeit: Gegenwart.

Act I.

Garten=Decoration.

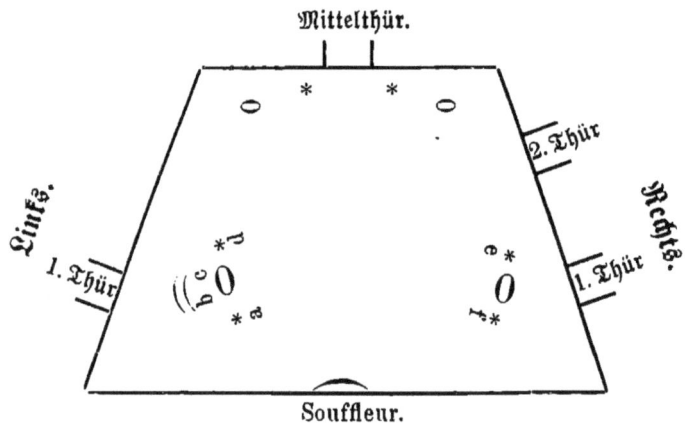

Decoration.

Geräumiges, elegantes Zimmer bei Pirkner. Eine Mittel= thür, die geöffnet ist und in den vor dem Hause gelegenen Garten führt. Rechts zwei, links eine Seitenthür.

Möbel.

Moderne Polstermöbel. Links vorn Tisch mit Sopha und zwei Sessel, auf dem Tisch Handarbeit. Links hinten Tischchen, darauf Wasserflasche, zwei Gläser, eine Klingel. Rechts vorn Tisch mit zwei Sesseln. Rechts hinten Blumentisch. Zu beiden Seiten der Mittelthür ein Sessel.

Erster Act.

Erste Scene.
Marie, einfach gekleidet.
Fr. Dr. Frosch,
sehr jugendlich, auffallend, nicht ganz modern gekleidet, später Franz.

Doctorin (auf Sessel e sitzend).
Ich kann Ihnen gar nicht sagen, mein bestes Fräulein, wie unendlich leid es mir ist, Ihren Herrn Papa wieder nicht zu treffen. Dieser weite Weg wieder umsonst! Wieder eine Enttäuschung! (Seufzt).

Marie.
Ich bedauere aufrichtig, aber mein Vater ist um diese Zeit nie zu treffen, wie ich Ihnen bereits vorgestern sagte. Wollten Sie mir nicht mittheilen, was Sie wünschen? Ich könnte Ihnen so vielleicht einen nochmaligen Gang ersparen.

Doctorin.
O nein, mein liebes Kind, das sind wichtige Angelegenheiten, geschäftliche Angelegenheiten, ich muß unter allen Umständen Ihren Herrn Papa sprechen. (Steht auf). Ich muß mich also entschließen, den Weg morgen noch einmal zu machen. (Seufzt). Ach! und diese Hitze, diese Schwüle! (Sinkt wieder in den Sessel). Würden Sie, liebe Kleine, Ihrer Liebenswürdigkeit die Krone aufsetzen und mir ein Gläschen Wasser reichen?

Marie.
Mit Vergnügen! (Schenkt aus der Karaffe Wasser in ein Glas).

Doctorin.
Dieser endlose Weg! Ich fühle mich so matt, so angegriffen! (Trinkt). Tausend Dank! Ach, wie das erquickt, erfrischt, belebt; nichts geht über solch' einen Labetrunk! Silberhelle Wasserquelle! — Ach, sehen Sie, so kann man durch ein Tröpfchen Wasser begeistert werden! (Giebt das Glas zurück). Als ich einst eine Bergparthie machte — Gott, ich war noch in der Pension, ich ging noch im Flügelkleide, wie der Dichter so schön sagt, — also bei einer Bergparthie erging

es mir ebenso: „Silberhelle Wasserquelle!" Wahrhaftig, dieselben Worte fielen mir, glaube ich, ein. Warten Sie einen Augenblick! (Sucht in einem Bündel Schriften, das sie unter dem Arm trägt). Ich muß ja dieses kleine Opuschen bei mir haben. Ach richtig! Sehen Sie! (Steht auf). Also: (liest) am sechsten Juni achtzehnhundert und — — (spricht) — das Datum thut ja nichts zur Sache — (liest) „Silberhelle — Wasserquelle — Eilst so schnelle — Von der Stelle, — Dein Gefälle — Mich entzückt; — (Franz kommt durch die Mitte) Und mein Herz — Starr wie Erz — Flieht der Schmerz — Himmelwärts, — Froher Scherz — Mich beglückt!" — —

          Franz.
Guten Morgen!
          Doctorin.
Ach! (Schreit auf). Wir wurden belauscht? (Verschämt). O mein Herr!
          Franz.
Entschuldigen Sie, wenn ich unterbrochen habe oder störte, ich hatte keine Ahnung, daß — — —
         Doctorin (unterbrechend).
O bitte, bitte! (Lächelnd). Ich fürchte eher, daß ich störe. Schon zu lange habe ich mich aufgehalten. Verzeihen Sie mir, liebe Kleine, aber Ihre geistreiche Unterhaltung fesselte mich! (Seufzt). Ach, dieser entsetzliche Weg, diese Hitze, aber ich muß fort! — Leben Sie wohl, mein Kind, ich komme bald wieder und hoffe dann Ihren Herrn Papa zu treffen. (Zu Franz). Mein Herr! Es war mir sehr angenehm! (Seufzt). Dieser weite Weg, aber es muß sein! Auf Wiedersehen, à revoir! (Knixt und geht rasch durch die Mitte ab).

Zweite Scene.
Vorige ohne Frau Dr. Frosch.
          Franz.
Das scheint ja eine lebensgefährliche Person zu sein! Wahrhaftig, sie sieht aus wie eine meiner Carricaturen! Ein Glück, daß ich Sie zuerst sah, als ich eintrat, es wäre mir eine schlimme Vorbedeutung für den ganzen Tag gewesen, hätte ich diese alte Schachtel zuerst erblickt. (Reicht Marie die Hand).

Marie.

Sind Sie so abergläubig?

Franz.

Wenn auch das nicht, so ist es mir doch immer lieb, wenn ich etwas gutes zu erwarten habe nach dem Glauben anderer Leute. Und ein wenig Aberglaube steckt doch in uns Allen, auch wenn wir noch so sehr aufgeklärt sind. Wollen Sie mir denn kein Glück bringen?

Marie.

Wenn es von mir abhinge, daß Sie glücklich sind, dann wären Sie es! Ich hätte doch keinen Grund, Ihnen etwas zu mißgönnen!

Franz.

Nun, Jemandem etwas nicht mißgönnen, heißt noch immer nicht, ihm Glück bringen und Glück spenden.

Marie.

Lassen wir das! Ich wüßte nicht, was ich Ihnen spenden könnte. — Sie sagten, ich sei die erste Person, welche Sie heute sahen; sind Sie noch nicht ausgegangen? (Setzt sich auf Sessel d und nimmt eine Handarbeit vor).

Franz.

Nein! Ich habe bis jetzt gearbeitet. Gestern Abend wollte mir nichts gelingen, und so mußte ich die Morgenstunden der Arbeit widmen. (Setzt sich auf Sessel e).

Marie.

So machen Sie jetzt einen Spaziergang, es ist ein herrlicher Tag! Gehen Sie gegen das Wäldchen hin, vielleicht treffen Sie den Vater, der mit Christine und Mathilde ausgefahren ist.

Franz.

Ich danke, ich muß später einen Besuch machen und darf mir daher meine Toilette auf der staubigen Landstraße nicht verderben. — Gestern besuchte ich das Hoftheater. Ich faßte den Entschluß erst, als ich direct vor dem Eingange desselben stand; ohne also den Zettel eines Blickes zu würdigen, trete ich ein. Die Vorstellung hatte bereits begonnen, da sehe ich auf der Bühne eine bekannte Gestalt, ich täuschte mich

nicht, auch die Stimme kannte ich. Sogleich bitte ich meinen Nachbar um einen Zettel, und richtig, da stand es: „Der Baron — Herr Heise". Heise, mein Schul= und Jugend= freund! Ja, er war es! Und wie herrlich spielte er, dieses Feuer, dieses prachtvolle Organ, — ich hätte auf die Bühne springen und ihn umarmen mögen. — Aber das ging ja nicht! Ich sandte ihm also im Zwischenact meine Karte und hoffte, ihn nach der Vorstellung zu treffen. Da ich aber vergebens wartete, erkundigte ich mich bei dem Portier nach seiner Wohnung, und heute will ich nun meinen Freund aufsuchen. Ich freue mich recht sehr, ihn wieder zu sehen!
Marie.
Wußten Sie nicht, daß er zur Bühne gegangen?
Franz.
Nicht gewiß! Er hatte von jeher große Neigung dazu, aber seine Eltern wollten es nicht zugeben. In den letzten Jahren hörte ich nichts von ihm.
Marie.
Nun, dann wird es ja ein sehr interessantes Wiedersehen werden. Was werden Sie Sich Alles zu erzählen haben! Standen Sie nie im Briefwechsel?
Franz.
Ich schrieb allerdings einmal an Carl, aber er antwortete nicht. Wer weiß, ob er sich meiner noch erinnert?

Dritte Scene.
Vorige, Carl Heise durch die Mitte.
Carl.
Franz! Alter Freund!
Franz (auf ihn zueilend).
Carl! Lieber, guter Junge!
Carl.
Wie freue ich mich, Dich — — (Bemerkt Marie). Vergebung, mein Fräulein, aber die Freude des Wiedersehens — —
Marie.
Es bedarf keiner Entschuldigung! Ich will eine so schöne Scene nicht stören, sondern — —

Franz.
Aber ich bitte, Fräulein Marie — —

Marie.
Lassen Sie nur, ich muß so wie so ein wenig zum Rechten sehen, sonst geht in Küche und Keller Alles verkehrt. (Zu Carl). Ich empfehle mich. (Ab nach links).

Franz.
Wie ich mich freue, Dich einmal wiederzusehen, Dich an mein Herz drücken zu können! Ich wollte Dir heute Vormittag meine Aufwartung machen, nun bist Du mir zuvorgekommen.

Carl.
Ich wußte ja nicht, ob Du hier ansässig, oder vielleicht nur auf der Durchreise bist, folglich mußte ich mich beeilen, Dich aufzusuchen, da ich gestern vergebens am Theater auf Dich wartete.

Franz.
Auf mich gewartet? Herzensjunge, ich habe ja volle dreiviertel Stunden mit Sehnsucht Deiner geharrt, bis mir endlich der Portier sagte, daß bereits alle Künstler die Garderoben verlassen und nach Hause gegangen wären.

Carl.
Nun, so haben wir uns verfehlt. Heute Morgen erkundigte ich mich auf dem Anmeldebureau nach Deiner Wohnung, und da bin ich!

Franz.
Und da bist Du, das ist die Hauptsache! Du bist da und endlich habe ich den Freund wieder, den ich so lange schmerzlich entbehrte. Eigentlich müßte ich Dir zürnen, weil Du Dich nie um mich gekümmert hast in den langen Jahren.

Carl.
Nimm mir das nicht übel, es geht manchmal nicht anders. Aber gedacht habe ich Deiner oft, und gewiß ist meine Freude, Dich zu sehen, nicht kleiner, als die Deinige. — Hast Du hier eine Stellung? Was ist eigentlich aus Dir geworden? Erzähle!

Franz.

Gut denn, ich werde den Anfang machen, denn Deine Lebensgeschichte ist ohne Zweifel interessanter als die Meinige. (Setzt sich auf Sessel f, Carl auf Sessel e). Nach meines Vaters Tode mußte ich, wie Du weißt, die Universität verlassen, da mir die Mittel zu weiteren Studien fehlten. Ich kehrte in meine Heimath zurück und fristete ein kaum erfreuliches Dasein mit Stundengeben und schriftlichen Arbeiten. Nebenbei war ich fleißig an einem Bilde thätig. Du wirst Dich erinnern, daß ich von jeher gern zeichnete und malte. Die Kunst war meine einzige Erholung! Das Bild gelang und fand einen Käufer. Ich hatte auf diese Weise einiges Geld und eilte damit hierher, denn die kleinen spießbürgerlichen Verhältnisse meines Vaterstädtchens widerten mich an. Hier hoffte ich durch meine Kunst mir die Mittel zur Existenz erringen zu können, hier glaubte ich mich eher zu vervollkommnen, indem ich die Museen und Bildergallerien besuchte und studirte. — Aber das bischen Münze ging zu Ende, meine Bilder wurden nicht gekauft, und ich dachte schon daran, meine alte Beschäftigung als Lehrer wieder aufzunehmen. — In der Zeit, als ich diesen Gedanken erwog, freute mich auch meine Arbeit nicht mehr, ich kritzelte Carricaturen und Zerrbilder auf das Papier. — Da trat eines Tags ein Herr in mein Zimmer, es war Herr Pirkner, Eigenthümer des Witzblattes „Knall". Sein Zeichner wolle ihn verlassen, er suche einen Ersatz, und man hätte mich ihm empfohlen. Bereitwillig zeigte ich ihm meine Seizzen, die vollendeten Bilder und versuchte, ihm alle Vorzüge meiner Werke zu erklären. Aber es schien nichts nach seinem Geschmack. Da fiel plötzlich sein Blick auf das Blatt mit den Zerrbildern. Er ergriff es, trotz meinem Protest und verlangte mehr derartiges zu sehen. Als ich dem wunderlichen Verlangen nachgab und ihm alle meine Carricaturen und Spottzeichnungen zeigte, klopfte er mir lächelnd auf die Schulter und sagte: „Sie sind mein Mann! Das will ich haben! Wenn Sie Sich entschließen können, mir derartiges zu liefern, dann sind wir einig, und ich beschäftige Sie bei meinem Blatte!" Allerdings schwankte

ich einen Augenblick, aber dann sagte ich: „Ja und Amen!" — So wurde ich denn Carricaturenzeichner bei dem Witz= blatte des Herrn Pirkner.
            Carl.
Und Du scheinst Dich dabei ganz wohl zu befinden?
            Franz.
Ach ja — meine Arbeit geht mir schnell und leicht von der Hand, auch bleibt mir Zeit genug, mich noch mit Edlerem zu beschäftigen. Ich habe den Gedanken noch immer nicht aufgegeben, ein tüchtiger Maler, ein Künstler zu werden! Italien ist das Land meiner Träume, meiner Sehnsucht! Durch Sparsamkeit und eine kleine Erbschaft habe ich auch bereits die nöthige Summe beisammen, ja wäre vielleicht schon längst jenseits der Alpen, hielten mich nicht Dankbarkeit und Pflichtgefühl gegen Herrn Pirkner hier zurück.
            Carl.
Du bist also mit Herrn Pirkner zufrieden?
            Franz.
Gewiß, er ist einer der gutmüthigsten, liebenswürdigsten Menschen! Kaum hatte er mich näher kennen gelernt, so trug er mir an, hier in seinem Hause zu wohnen, und so lebe ich hier, wie zur Familie gehörend. Pirkners Frau ist todt, seine älteste Tochter Marie führt ihm die Wirthschaft und ist ein stilles, freundliches Mädchen. Christine, die jüngere Tochter und Mathilde Weißen, seine Nichte, von Allen hier im Hause „Goldchen" genannt, sind ein paar reizende, muntere Geschöpfe! — Doch nun genug von mir, erzähle Du jetzt! Viel mußt Du schon erlebt, als Schau= spieler, als Künstler muß Dir das Leben des Schönen viel geboten haben!
            Carl.
Des Schönen? Ach ja, aber das viele Schöne verdirbt den Geschmack. Wo viel Licht ist, ist viel Schatten, heißt es, und nirgends ist es schattiger, als beim Theater!
            Franz.
Wie kannst Du so sprechen? Das klingt so nüchtern! Hast Du so viele von Deinen Hoffnungen und Idealen eingebüßt?

Carl.

Viele? — Alle, mein Freund!

Franz.

Dann müßte ich Dich bedauern, aber das ist ja gar nicht möglich! In der schönsten Kunst thätig, vom Erfolge begünstigt, wie kann man da mit einem warmen Herzen das ewig Schöne, das Ideale verlieren?

Carl.

Gerade da! — Doch wir wollen uns nicht in philosophische Betrachtungen vertiefen, ich will Dir lieber kurz meine Geschichte mittheilen, kurz nur — die Einzelheiten besprechen wir später noch zur Genüge! — Ich war ein ausgelassener, böser Bube, Du kanntest mich ja! Meine Neigung zur Bühne wuchs immer mehr, so daß ich fest beschloß, ein Schauspieler zu werden. Mit meinen Eltern hatte ich eine heftige Scene, und so lief ich davon und zum Theater. Mein erstes Engagement war bei einer kleinen Gesellschaft, einer sogenannten Schmiere. Wie bald, wie arg fand ich mich getäuscht, aber ein „Zurück" gab es nicht mehr; nie hätte mein Trotzkopf es zugelassen, daß ich als verlorener Sohn reuig nach Hause zurückkehre. Ich blieb und harrte aus. Endlich bekam ich Stellung an einer besseren Bühne, ich arbeitete fleißig und kam vorwärts. In meinem letzten Engagement sah mich der Intendant des hiesigen Hoftheaters, glücklicher Weise in einer guten Rolle, und so kam ich hierher, und hier hoffe ich zu bleiben für immer!

Franz.

Glücklicher! So hast Du schon Dein Ziel erreicht. Wie weit ist noch der Weg, den ich zu wandeln habe!

Carl.

Glück hatte ich, aber glücklich? Gerade, daß ich schon am Ziele bin, das bedrückt mich! Was nun? — Ich komme mir oft schon recht blasirt, recht alt vor. Glaube mir, es ist nicht gut, so schnell zu leben! Mir ist es oft, als säße ich in einem Eilzuge, ich durchrase die schönsten Länder, aber Alles flieht mit Windeseile an mir vorüber! Kaum

habe ich einmal den Fuß auf festen Boden gesetzt, kaum
finde ich Gefallen an einem Orte, so heißt es schon wieder:
„Einsteigen, einsteigen"! Und fort geht es, immer weiter!
— Das ermüdet, auch wenn man bequem zweiter oder
erster Klasse reist. Ewig allein! Die Mitreisenden sind
Fremde und wechseln von Station zu Station! — Jetzt
scheine ich angelangt, ich bin ausgestiegen, sehe mich um in
der fremden Stadt und suche Menschen, Freunde, aber ich
kann mich nicht zurecht finden! — Darum soll es mir eine
gute Vorbedeutung sein, gerade Dich hier zu treffen!

Franz.
Offen gesagt, ich verstehe Deine Bildersprache nicht. Doch
es ist eine alte Erfahrung, daß man sich immer das wünscht,
was man nicht haben kann. Ich wäre froh, so eilig dahin
brausen zu können, und ich bin gefesselt!

Carl.
Auch Du würdest bald ebenso sprechen wie ich. Was
fehlt Dir hier unter guten, freundlichen Menschen? Du
lebst wie in der Familie, sagst Du, und damit sprichst Du
aus, daß Du glücklich bist, denn die Familie ist — — —

Vierte Scene.
Vorige, Marie von links, Mathilde und Ziesel durch die Mitte,
später Pirkner und Christine durch die Mitte. Jette von links.

Mathilde (noch außen).
Laufen Sie! Laufen Sie, Herr Ziesel! (Kommt ins Zimmer
gerannt). Hahaha! Ich bin die Erste! (Ziesel kommt athemlos ins
Zimmer). Sehen Sie! Ich kann viel, viel schneller laufen als
Sie! Das macht Durst, Durst! (Trinkt rasch ein Glas Wasser).

Marie.
Aber Mathilde, um Gotteswillen, wirst Du wohl nicht
trinken!

Mathilde (das Glas absetzend).
Schon unten! Ach, das ist kühl!

Marie.
Dieser Leichtsinn, so rennen und dann trinken. Es ist
unverzeihlich!

Ziesel.

Hätten Sie erst bis hundert gezählt, dann — —

Mathilde.

Bitte, bitte, nicht zanken! (Umarmt Marie). Mein süßes Mariechen, ich werde es auch nicht wieder thun!

Marie (schmollend).

Ach geh!

Mathilde (ein Bouquetchen aus dem Gürtel ziehend).

Sieh, was ich hier habe! Lauter Refeda, Deine Lieblingsblume, die ich für Dich gepflückt, für mein zuckriges, liebes Mariechen! (Umarmt Marie).

Pirkner (tritt mit Christine am Arm ein).

Da wären wir! Gott sei Dank, hier ist es wenigstens kühl! Nicht wahr, Goldchen?

Mathilde.

Sehr kühl, Onkelchen! (Wischt sich den Schweiß von der Stirn und fächelt sich Kühlung zu. Jette nimmt die Hüte in Empfang und geht dann links ab).

Pirkner.

Aber was sehe ich, wir haben ja Besuch! (Geht auf Carl und Franz zu).

Franz.

Gestatten Sie mir, Ihnen meinen Schul- und Jugendfreund, den Herrn Hofschauspieler Heise vorzustellen! (Vorstellend). Mein Prinzipal, Herr Pirkner! Fräulein Marie und Fräulein Christine Pirkner! Fräulein Mathilde Weißen! (Bei der Vorstellung kommen alle nach vorn, nur Ziesel bleibt schüchtern an der Thür stehen).

Pirkner (an Franz vorübergehend, zu Carl, ihm die Hand reichend).

Sehr erfreut! Sehr erfreut! Wenn Sie der Freund des Herrn Webel sind, werden Sie auch hoffentlich der Unsrige! Nicht wahr Goldchen?

Mathilde.

Ja wohl, Onkelchen!

Pirkner (zu Carl).

Sie spielen jedenfalls auch in der Novität von Doctor Blind? Was halten Sie von dem Stück? (Vertieft sich mit Carl in ein Gespräch und nimmt auf Sessel c Platz, Carl auf Sessel f).

Franz (der zu Mathilde getreten ist).
Wie haben Sie Sich unterhalten bei der Spazierfahrt?
Mathilde.
O, ausgezeichnet! Wir trafen unterwegs Herrn Ziesel und — — (sich umsehend). Ja, wo steckt er denn? (Ziesel bemerkend). Aber kommen Sie doch näher, Herr Ziesel!
Ziesel (vorkommend).
Vergebung! (Zu Franz). Sie hatten noch nicht die Güte, mich vorzustellen!
Franz.
Ich bitte um Entschuldigung! (Zu Carl). Lieber Carl, ich vergaß — Herr Buchhalter Ziesel!
Ziesel (verbeugt sich).
Bei Ziesel und Compagnie.
Carl (kaum hinsehend).
Sehr erfreut!
Ziesel.
Ganz auf meiner Seite! (Verbeugung).
Mathilde (zu Ziesel).
Drehen Sie Sich lieber nach dieser Seite — Herr Heise ist mit Onkelchen zu sehr beschäftigt. Nicht wahr, Onkelchen?
Pirkner.
Ja wohl, Goldchen!
(Marie hat Platz c, Christine Platz b auf dem Sopha eingenommen, Mathilde auf Sessel d, hinter diesem steht Franz).
Mathilde.
Setzen Sie Sich hierher, mir gegenüber! (Ziesel setzt sich auf Sessel a). So! Nun erzählen Sie uns etwas!
Christine.
Aber, Goldchen, quäle doch Herrn Ziesel nicht so, den ganzen, langen Weg hast Du Dir von ihm erzählen lassen. Wo soll Herr Ziesel all' den Stoff zu den Geschichten hernehmen? (Zu Ziesel). Habe ich nicht Recht?
Ziesel.
Allerdings! Das heißt, ich bin gerne gefällig, und Fräulein Goldchen hat über mich zu befehlen!

Mathilde.
Ich heiße nicht Goldchen, Herr Ziesel!
Ziesel.
Pardon! Fräulein Mathilde wollte ich sagen!
Mathilde.
Ich heiße Fräulein Weißen, Herr Ziesel!
Marie (ermahnend).
Aber Mathilde!
Pirkner.
Ganz meine Ansicht! (Immer im Gespräch mit Carl). Ganz Recht haben Sie! — Nicht wahr, Goldchen?
Mathilde.
Sehr recht, Onkelchen!
Marie (zu Ziesel).
Sie sind so still und machen ein so trauriges Gesicht, fehlt Ihnen etwas?
Ziesel.
O nein, ich bin durchaus nicht traurig, ich — —
Mathilde (unterbrechend).
Gewiß sind Sie traurig, haben Sie es mir vorhin nicht selbst erzählt? Denken Sie nur, Herr Webel, Herr Ziesel muß Soldat werden, in einigen Tagen wird er eingezogen.
Christine.
Wie sehr bedauere ich Sie!
Franz.
Bei welchem Regiment werden Sie dienen?
Ziesel.
Beim zweiten Garde-Regiment zu Fuß!
Mathilde.
Zur Garde kommen Sie doch nicht?
Ziesel.
Ich bin Einjährig-Freiwilliger, mir steht das Recht zu, zu wählen, und da ich das Maaß habe — —
Mathilde.
Haben Sie das Maaß? Stehen Sie doch einmal auf!

Marie.
Aber Mathilde!
Christine.
Aber Goldchen!
Mathilde.
Bitte, Herr Ziesel, stehen Sie doch auf! (Ziesel steht auf und redt sich). Wahrhaftig! Ich habe noch nie bemerkt, daß Sie so groß sind, Sie sind ja ein kleiner Hüne!
Carl (zu Pirkner).
Ich wäre gespannt, einen Blick in das Buch werfen zu können.
Pirkner.
Stehe sehr gerne zu Diensten, sehr gerne. Da habe ich auch noch etwas, das Sie interessiren könnte, einen sehr alten Theater=Almanach. Ich verehre die Künste und so —
Christine.
Ich danke Gott, daß ich kein Mann bin und nicht zum Militair muß.
Mathilde.
Das würde mir gerade Spaß machen. Wenn Sie exerzieren, kommen wir hinaus auf den Platz und sehen zu, Christinchen und ich!
Ziesel.
O bitte, das thun Sie nicht. Das würde mich verwirren!
Mathilde.
Das soll es ja auch! Gott, wie himmlisch, wenn commandirt wird: „Bataillon, rechts um!" Sie drehen Sich verkehrt, und der Unterofficier schreit dann: „Bomben und Granaten! Einjähriger Ziesel, wissen Sie nicht, was rechts und links ist?" (Lacht).
Marie.
Lassen Sie sie nur spotten, ich wünschte, Mathilde müßte ein Jahr unter so strenger Disciplin stehen.
Mathilde.
Ich würde einen sehr guten Soldaten abgeben.

2*

Franz.
Denken Sie nicht an solche Dinge, die sich für eine Frau nicht schicken!
Mathilde.
Ich bin ja keine Frau und werde auch nie eine Frau werden.
Christine.
Rede doch nicht so dummes Zeug!
Marie.
Ihr seid alle noch Kinder, lassen Sie sie nur gewähren, Herr Webel.
Pirkner (aufstehend, Carl steht auch auf).
Kommen Sie in meine kleine Bibliothek. (Zu Franz). Wollen Sie uns begleiten, Herr Webel? (Zu Carl). Da können Sie auch gleich in der neuesten Nummer meines Blattes ein kleines Meisterstückchen Ihres Freundes bewundern. Die Zeichnungen sind originell und zum todtlachen. Nicht wahr, Goldchen?
Mathilde.
Gewiß, Onkelchen!
Franz.
Sie beurtheilen mich stets zu milde.
Pirkner.
Ei was! Keine falsche Bescheidenheit! (Zu Carl). Sie werden ja selbst sehen. Und dann essen Sie einen Löffel Suppe bei uns!
Carl.
Sie sind sehr liebenswürdig, aber — —
Pirkner.
Bitte, keine Entschuldigung. Sie sagten soeben, der heutige Tag gehöre ganz Ihrem Freunde, Ihr Freund gehört aber uns, folglich gehören Sie auch uns! Das ist doch logisch? Nicht wahr, Goldchen?
Mathilde.
Richtig, Onkelchen!
Pirkner.
Also kommen Sie, meine Herren! Kommen Sie! (Pirkner, Franz und Carl ab nach rechts zweite Thür).

Fünfte Scene.

Marie, Christine, Mathilde, Ziesel.

Mathilde.
Onkelchen scheint schon sehr eingenommen von Herrn Heise zu sein!

Marie.
Ich glaube, Herr Heise ist ein sehr liebenswürdiger, junger Mann!

Christine.
Jedenfalls sehr interessant!

Ziesel.
Und ein bedeutendes Talent!

Mathilde.
Was Ihr Alles bemerkt habt! Ich kann gar nichts besonderes an ihm finden. Auch habe ich ihn gar nicht beachtet!

Ziesel.
Ich habe ihn auf der Bühne gesehen, und ich kann Sie versichern, daß er mir sehr gut gefallen hat. Auch sämmtliche Zeitungen haben sich lobend über ihn ausgesprochen. —

Mathilde.
Nun, ich werde ja sehen, wie weit diese Lobsprüche gerecht oder ungerecht sind. Morgen werde ich das Theater besuchen.— Ach, hier ist es langweilig! Kommen Sie, Herr Ziesel, gehen wir in den Garten, schaukeln Sie mich ein bischen! Wollen Sie? (Ist aufgestanden).

Ziesel (aufstehend).
Ja wohl, Fräulein Weißen!

Mathilde.
„Ja wohl, Fräulein Weißen!" Ist das eine Antwort? Wenn Sie es nicht gerne thun, lassen Sie es bleiben!

Ziesel.
Aber, ich bitte — —

Mathilde.
Ach was! Sind Sie nicht so langweilig! Seien Sie lustig wie sonst, wenn Sie mit mir tollten. Da hieß es nicht: „Ja wohl, Fräulein Weißen", da hieß es: „Gerne, Goldchen!"

Christine.
Aber Du sagtest doch vorhin selbst — —
Mathilde.
Ach, vorhin ist nicht jetzt! Vorhin waren wir in Gesellschaft, jetzt sind wir unter uns. (Zu Ziesel). Sie haben mir es doch nicht übel genommen?
Ziesel.
Wie können Sie glauben?
Mathilde.
Nun also, dann machen Sie kein so böses Gesicht. Lachen Sie einmal! Na, lachen Sie einmal! So lachen Sie doch, lieber Ludwig!
Ziesel (lächelnd).
Wenn Sie so schön bitten — —
Mathilde.
So! Sehen Sie, das ist nett! Das ist doch ein Gesicht, nicht so brummig! Wollen Sie mich schaukeln, ja? Sagen Sie einmal: „Recht gerne, Goldchen!" Aber hübsch mit Ausdruck!
Ziesel.
Recht gerne, Goldchen!
Mathilde.
Recht so! Und nun kommen Sie. (Faßt seinen Arm und will ihn fortziehen).
Ziesel (zu Christine und Marie).
Verzeihen Sie, meine Damen, aber — —
Mathilde (schnell ablaufend und Ziesel mitziehend).
Kommen Sie doch schnell, schnell! Wer ist zuerst bei der Schaukel? Hahaha! (Mathilde und Ziesel ab durch die Mitte).

Sechste Scene.
Marie und Christine.
Christine.
Der arme Herr Ziesel! Es ist unerhört, wie Goldchen mit ihm umgeht!
Marie.
Warum läßt er es sich gefallen!

Christine.
Das ist's ja eben! Man kann ihr nicht böse sein. Wie oft hatte ich mir schon fest vorgenommen, keine Silbe mehr mit ihr zu reden, wenn sie aber dann bittet, so — —

Marie.
Und bei Dir braucht man nicht lange zu bitten. Mathilde hat ein gutes Herz, und deshalb verletzt sie nie, auch wenn sie in ihrer Ausgelassenheit oft zu weit geht.

Christine.
Und alle Männer sind in sie verliebt. Merkwürdig!

Marie.
Bist Du etwa eifersüchtig?

Christine (schnell).
O gewiß nicht! Aber ich frage mich oft, was die Herren denn eigentlich so sehr an sie fesseln kann? Lieutenant von Forst, Secretair Siebel, Herr Webel, alle machen ihr den Hof. Sogar Herr Ziesel, den sie doch nur neckt. (ärgerlich). Wenn sie mich so behandelte, ich beachtete sie gar nicht, wenn ich ein Mann wäre.

Marie.
Sie neckt ihn! Kennst Du nicht das Sprichwort: „Was sich liebt, das neckt sich?"

Christine.
Aber sie liebt ihn nicht, das weiß ich ganz gewiß. (Fast weinerlich). Sie liebt ihn nicht, und er liebt sie doch!

Marie.
Christinchen, Christinchen, Du redest Dich gewaltig in Eifer.

Siebente Scene.
Vorige, Fr. Dr. Frosch durch die Mitte.

Doctorin.
Entschuldigen Sie, wenn ich störe. (Zu Marie). Liebes Fräulein, hätten Sie vielleicht die Güte, Ihren Herrn Papa zu fragen, ob ich ihn jetzt sprechen kann?

Marie.
Sehr gerne, aber Papa — —

Doctorin (unterbrechend).
Zu Hause ist er, das weiß ich. Ehe ich den weiten Weg bis zu meiner Wohnung machte, ruhte ich noch ein wenig aus auf einer Gartenbank in den Anlagen. Da treffe ich zufällig eine Schulfreundin von mir, welche ich lange nicht gesehen hatte. Nein, hat sich das Kind gefreut! Ein hübsches Mädchen ist sie geworden. Wie wir nun im besten Plaudern waren, sah ich die Equipage Ihres Herrn Papa vorbeifahren. Halt, dachte ich, das geht nach Hause! So leid es mir auch war, riß ich mich dennoch von der kaum Gefundenen los und eilte hierher. Darf ich also bitten, liebes Kind?

Marie.
Mein Vater hat zwar Besuch, aber ich will ihm sagen, daß Sie bereits zweimal vergebens hier gewesen sind, da wird er sich wohl sprechen lassen. (Ab rechts zweite Thür).

Achte Scene.
Vorige, ohne Marie.

Doctorin.
Besten Dank! Ein sehr gefälliges Mädchen, Ihr Fräulein Schwester. (Hat ab und zu in den Garten gesehen). Ach, entschuldigen Sie meine Neugierde. — Ist der Herr dort im Garten nicht Herr Ziesel, Sohn von Ziesel und Compagnie?

Christine.
Allerdings. Kennen Sie den Herrn?

Doctorin.
Ich und Herrn Ziesel nicht kennen! Seine verheirathete Schwester war meine intimste Busenfreundin. Wie oft bin ich bei ihr mit dem Bruder zusammengetroffen! (Seufzt). Es sind mir theuere Erinnerungen!

Christine.
Die Schwester des Herrn Ziesel ist bereits seit mehreren Jahren verheirathet.

Doctorin.
Ja wohl! Ach, wie die Zeit vergeht, ist es mir doch, als wäre die Hochzeit erst gestern gewesen. Und in der ganzen Zeit habe ich nichts von ihr gehört. Sie hat mich vergessen und ihr Bruder auch. (Seufzt). Kein Wunder, er ist ein Mann!

Christine.
O, Herr Ziesel ist ein sehr liebenswürdiger, angenehmer, junger Herr!
Doctorin.
Liebenswürdig? Angenehm? — Das sind die Schlimmsten! Ach, Sie kennen die Welt noch nicht, mein Kind! Ihre Seele ist noch rein von dem Pesthauche der Erfahrung, der den klaren Spiegel eines jungfräulichen Herzens nur zu bald trübt! (Seufzt).
Christine.
Haben Sie solch' eine schlimme Erfahrung gemacht?
Doctorin.
Eine? — Hunderte! Ich habe ein zu weiches Gemüth, man könnte mich schelten, aber was kann ich dafür, wenn man mich bethört mit Schwüren und Gelübden?
Christine.
Ich glaube Ihnen! Es muß schrecklich sein, von dem verrathen zu werden, den man liebt!
Doctorin.
Entsetzlich! — Sie armes Geschöpfchen, auch Sie haben eine zu zarte Seele, auch Sie werden geknickt werden. — Ich will Ihnen eine Geschichte erzählen, um Sie zu warnen. (Seufzt). Ich reiße zwar die kaum vernarbte Herzenswunde wieder auf, aber mein Beispiel kann Sie vor gleichem Schicksal bewahren! — Hören Sie (nimmt Sessel e, stellt ihn in die Mitte der Bühne und setzt sich darauf, Christine setzt sich auf Sessel d): Leider bin ich gezwungen, ein Stübchen meiner kleinen bescheidenen Wohnung zu vermiethen, da mein Vermögen nicht bedeutend ist. — Mein letzter Miether war ein Künstler, (mit Wärme) ein Menschendarsteller! Ach, und wie stellte er dar! Dieses Feuer, diese Leidenschaft, diese Gluth, ein wahrer Seelen=Makart! Leider sah ich ihn nie auf den Brettern, die die Welt bedeuten, aber bei mir des Abends, da spielte er. (Weinerlich). Ja, auch mit meinem Herzen spielte er ein frevelhaftes Spiel, ein Trauerspiel! — (Wischt sich die Augen). Aber er verstand so schön zu sprechen, zu schmeicheln, wie sollte ich da widerstehen? (Leidenschaftlich). Konnte ich zweifeln, wenn er vor mir in die Knie sank und rief: „O Königin,

das Leben ist doch schön?" Er heuchelte die redlichsten Absichten, aber Carlos war ein Betrüger! — Er hieß nämlich Carlos, seine Familie stammte aus dem Spanischen, und die Liebe zur Kunst trieb ihn zur Bühne. — Schon schuldete er mir zwei Monate den Miethszins und einige andere Kleinigkeiten, als ich in ihn drang, unsere Verlobung zu veröffentlichen. Er willigte ein. Schnell lud ich einige Freundinnen zu einem Täßchen Kaffee, und er ging fort, um, wie er sagte, den Verlobungskuchen zu holen. Beim Abschiede drückte er mir noch einen Kuß auf die Stirn. Ach, es war der letzte! — Meine Freundinnen kommen, — der Kaffee ist fertig, — wir warten — wir warten; schon wird der Kaffee kalt, — ich bin in einer fieberhaften Aufregung, — ich denke, meinem Carlos ist ein Unglück zugestoßen, er ist überfahren, erschlagen, vielleicht todt — Carlos todt! (Pause). Da wird die Thür geöffnet, ein Dienstmann kommt herein und giebt mir eine Karte, auf welcher die Worte mit Bleistift geschrieben waren: „Leb' wohl Madrid, nie wende sich dein Glück! Ich reise nach Amerika. Dein Carlos!" — (Pause).

Christine (aufstehend).
Wie beklage ich Sie!

Doctorin (steht auf und stellt den Sessel an den früheren Platz).
Aber ich muß den Verräther haben, ganz muß ich ihn haben!

Neunte Scene.

Vorige, Marie (von rechts zweite Thür).

Marie.
Mein Vater erwartet Sie! Bitte! —

Doctorin.
Ich komme, ich komme! (Zu Christine). Ich bitte Sie, schweigen Sie. Bewahren Sie mein Geheimniß, und geben Sie ein so schwer geprüftes Herz nicht dem Spotte der profanen Welt preis! (Zu Marie). Ich komme schon, mein Fräulein! (Schnell ab rechts zweite Thür).

Marie.
Eine eigenthümliche Person!

Christine.
Die Aermste ist wirklich zu bedauern.
Marie.
Das glaube ich. Jetzt wollen wir den Mittagstisch in Ordnung bringen, wir bekommen auch noch Doctor Blind mit Frau zu Tische, wie mir Papa eben sagte. (Beide ab nach links).

Zehnte Scene.
Franz und Carl (von rechts erste Thür).
Carl.
Sehr freundlich und behaglich ist Deine Wohnung. Ich freue mich sehr, zu sehen, wie Du hier so glücklich bist.
Franz.
Das hält mich auch immer noch von meiner Reise nach Italien zurück.
Carl.
Nur das? Oder auch die hübschen Damen hier im Hause, die Dich alle zu verwöhnen scheinen? Du sparst Dir Italien wohl zur Hochzeitsreise auf?
Franz.
Da würde ich wenig von den Kunstschätzen profitiren! Ein junges Weibchen würde mich zu viel davon ablenken.
Carl.
Das glaube ich Dir! Du hast Dich überhaupt zu einem vollständigen Schwärmer herausgebildet. Früher warst Du viel kälter, viel besonnener.
Franz.
Und ich finde bei Dir das Gegentheil. Aus dem brausenden, heißblütigen Knaben scheinst Du ein recht vernünftiger Mann geworden zu sein.
Carl.
Vernünftig! — Das ist das rechte Wort. Vernünftig wird man in der Schule des Lebens, — man sieht klar!
Franz.
Wie kannst Du nur dann auf der Bühne so lebhaft sein, so meisterlich die Leidenschaften darstellen?

Carl.
Eben weil ich über der Situation stehe. Das Publicum glaubt, ein Schauspieler müsse Alles wirklich empfinden, was er spricht. Das ist nur bis zu einem gewissen Grade der Fall. Der Moment reißt manchmal fort, in dem Augenblicke, in welchem die Leistung entsteht und vergeht, sind wir auch das, was wir scheinen, aber mit dem ersten Schritte in die Coulissen hat das ein Ende, und die Reaction tritt um so schärfer auf.

Franz.
Du empfindest also in Wahrheit gar nichts, wenn Du zum Beispiel einer recht hübschen Collegin auf der Bühne eine Liebeserklärung machst?

Carl.
Wahrhaftig nicht, mein Freund! Wer die Weiber kennt wie ich, — und als Schauspieler kann man sie kennen lernen, — der ist gepanzert gegen solche Herzensaffectationen!

Franz.
Es mag schlimme Weiber geben, aber doch bei Weitem mehr gute. Das Weib ist und bleibt doch die Perle der Schöpfung!

Carl.
Ich beneide Dich um Deine Naivetät! — Alle Weiber sind schwach und werden von ihren Leidenschaften regiert. Gefallsucht, Putzsucht, Hang zur Intrigue, und wie sich alle diese Fehler nennen, streiten um die Oberhand. Wo gäbe es noch ein Weib, das dem entspricht, was Du unter der Perle der Schöpfung verstehst?

Franz.
Das wäre traurig, Carl! Ich gebe zu, daß Weiber leicht Ihren kleinen Fehlern nachgeben, haben wir aber nicht ebensoviel Fehler?

Carl.
Ein Mann lernt Vernunft, ein Weib nie!

Franz.
Darum muß der Mann das Weib leiten, erziehen wie ein Kind, mit Liebe und Nachsicht.

Carl.

Ganz und gar nicht! Es giebt nur ein Mittel, ein Weib zu leiten, das ist, ihr zu imponiren. Ist aber dieses Weib Deine Frau, so ist es mit dem Imponiren vorbei.

Franz.

Vorhin erst klagtest Du, daß Du so allein ohne Familie dastehst, würdest Du also mit Deinen Ansichten nie heirathen?

Carl.

O doch, aber ein verständiges Weib, nicht so ein Gänschen. Ich suche eine Hausfrau, die mir meine Wirthschaft führt, sparsam und fleißig ist. Ich will nicht gestört sein in meinen Studien, Abends ein behagliches Zimmer, ein gutes Essen finden. Meine Frau muß gesetzt und ernst sein, damit ich mich auf ihren Character verlassen kann.

Franz.

Mit einem Worte, Du suchst eine Magd, keine Frau! Nein, ich möchte ein liebes, munteres Geschöpfchen, das mich erheitert, mir die Sorgen von der Stirn küßt und fröhlich mit mir das Leben genießt.

Carl.

Wohl Dir, wenn Du findest, was Du suchst! Aber es giebt keine solchen Haideröschen und Naturkinder, wie man sie in den Romanen und bei uns auf der Bühne findet!

Franz.

Du bist verbittert! Wenn Du auch eine oder die andere traurige Erfahrung gemacht hast, schüttle sie ab, werde heiter und glaube an die Menschen. Was gilt die Wette? Mein Umgang, das frische, lebendige Treiben hier in der Residenz wird Dich curiren. Du wirst Dein Ideal wiederfinden und mit ihm Glück und Zufriedenheit.

Carl.

Du glaubst mich krank, während Du es bist! Schön zwar ist dieser Traum, dieser Idealismus, aber dennoch muß ihn ein Mann von sich werfen. Wie fürchterlich würde Dein Erwachen sein, wenn es zu spät käme! Du bist weicher als ich; Enttäuschungen würdest Du nicht überwinden. Ich will Dir daher die Augen öffnen, Dich klar sehen lehren, damit

Du an Stelle des Herzens den Kopf treten läßt. Das ist in unserer Zeit nöthig!

Franz (übermüthig).

Topp! Ich nehme es an! Suchen wir uns gegenseitig zu bekehren. Ich hoffe und glaube, Du wirst genesen!

Carl.

Und ich weiß, Du wirst erwachen!

Elfte Scene.

Vorige, Christine von links.

Christine.

Ach, meine Herren, Sie sind hier? Papa ist im Salon und erwartet Sie bereits.

Franz.

Wir wollen uns sofort zu ihm begeben.

Christine (zu Carl).

Werden Sie morgen im Theater auftreten?

Carl.

Ich bin beschäftigt. Die gestrige Vorstellung wird wiederholt.

Christine.

Dann werden wir Sie jedenfalls bewundern.

Carl (lächelnd).

Ich werde mir alle Mühe geben.

Franz.

Wir wollen Herrn Pirkner nicht warten lassen. Kommen Sie mit uns, Fräulein Christine?

Christine.

Ich folge sogleich. Bitte nur voran zu gehen! (Franz und Carl ab nach links).

Christine (in den Garten rufend).

Goldchen! Goldchen! (Für sich). Wie mag sie den armen Herrn Ziesel wieder gequält haben.

Zwölfte Scene.

Vorige, Mathilde und Ziesel durch die Mitte.

Mathilde.

Was wünschest Du, mein liebes Christinchen?

Christine.
Ich wollte Dich nur fragen, ob Du nicht ein wenig Toilette machen willst? In einer Viertelstunde wird gespeist, und wir haben Gäste.
Mathilde.
Ich bleibe so wie ich bin. Wem ich nicht gefalle, der braucht mich nicht anzusehen.
Christine (zu Ziesel).
Werden Sie auch mit uns speisen?
Ziesel.
Ich danke, ich muß leider bei meinem Papa essen. Wenn er von der Börse kommt und mich nicht zu Hause findet, ist er ungehalten.
Christine.
Ich gehe in den Salon, willst Du mich begleiten, Goldchen?
Mathilde.
Nein, Christinchen, ich komme früh genug hinein. Rufe mich, wenn die Suppe auf dem Tische steht; so lange kann mir Herr Ziesel noch Gesellschaft leisten.
Ziesel.
Mit Vergnügen! (Auf die Uhr sehend). Eine halbe Stunde habe ich noch Zeit.
Christine (zu Mathilde).
Ich werde Dich rufen. (Zu Ziesel). Adieu, Herr Ziesel. (Christine ab nach links).
Ziesel.
Wünsche Ihnen wohl zu speisen!

Dreizehnte Scene.
Mathilde, Ziesel, später Christine.
Mathilde (setzt sich auf Sessel d).
Nun, haben Sie noch immer keine Idee?
Ziesel.
Leider nein! Ich kenne den Geschmack Ihres Herrn Onkels viel zu wenig, um zu wissen, was ihm Freude machen könnte.

Mathilde.
Ach, strengen Sie Ihre Phantasie ein bischen an. Der Geburtstag muß würdig gefeiert werden!

Ziesel.
Was sagen Sie zu einem Ständchen am frühen Morgen?

Mathilde.
Ach, Onkelchen wird nicht gerne so früh im Schlafe gestört. — Aber halt! Ich habe etwas! (Lacht). Das geht, das wird ein köstlicher Spaß!

Ziesel.
Was meinen Sie?

Mathilde.
Wir führen eine Comödie auf. Herr Webel muß Herrn Heise dazu bewegen, uns Alles einzulernen. Vielleicht spielt er auch selbst mit. Ist das nicht kostbar?

Ziesel.
Gewiß! Auf die Idee wäre ich nicht gekommen.

Mathilde.
Ich spiele die Liebhaberin und Sie den Liebhaber — (Lacht). Nein, das geht nicht! Hahaha! Ich möchte Sie wohl sehen, wenn Sie eine Liebeserklärung machten. (Lacht).

Ziesel.
Glauben Sie, ich könnte das nicht?

Mathilde.
Nein, das glaube ich nicht. (Lacht).

Ziesel.
Sie trauen mir auch gar nichts zu, Fräulein Goldchen!

Mathilde.
Nun so machen Sie mir einmal eine Liebeserklärung.

Ziesel.
Ihnen? Sie spotten ja nur.

Mathilde (komisch ernst).
Nein, ich will ganz ruhig und ernst sein. Also, bitte, bitte! —

Ziesel.
Nein, wenn Sie mich so ansehen, kann ich nicht.

Mathilde (dreht den Sessel herum).
So, nun sehe ich Sie nicht an. Also beginnen Sie!
Ziesel.
Ich sollte im Ernst? —
Mathilde.
Freilich, ach bitte, bitte, schnell!
Ziesel.
Gut denn! (Kleine Pause). Liebes Fräulein Mathilde, ich —
ich — (Mathilde lacht heimlich). Fräulein Mathilde, ich — ich —
ich liebe Sie! Nein, Sie müssen mich doch dabei ansehen!
Mathilde (steht auf).
Ach, Sie können es nicht! Ich glaubte immer, Sie hätten
mich ein bischen gern, aber ich habe mich getäuscht. —
Ziesel (warm).
Wie können Sie so sprechen? Gewiß habe ich Sie gern,
sehr gern!
Mathilde.
Dann würden Sie auch Worte finden, es mir zu sagen.
Ziesel.
Ich habe es Ihnen ja soeben gesagt!
Mathilde.
Das nennen Sie Liebe, wenn Sie das so trocken sagen,
wie etwa: „Es ist heute recht schönes Wetter?"
Ziesel.
Sie machen mich verwirrt, wenn Sie so freundlich zu
mir sind. — Ich weiß nicht, wie mir überhaupt zu Muthe
ist, Ihnen gegenüber! — Sie machen mit mir, was Sie
wollen. — Wenn Sie mich verspotten, so kann ich Ihnen
doch nicht böse sein; nein, ich bin sogar traurig, wenn Sie
es nicht thun. Sind Sie aber gut zu mir, so wird mir
so sonderbar, so wie jetzt, und das macht, weil ich Sie
gerne habe, weil — weil ich Sie liebe und anbete, Goldchen!
(Fällt ihr zu Füßen). Weil ich Ihnen gehöre mit Allem, was mein ist,
schon seit langer Zeit! Goldchen, können Sie mich auch lieben?
Christine (durch die Thür links rufend).
Goldchen! Goldchen!

Mathilde (lachend).

Bravo! Bravo! Das hätte ich Ihnen nicht zugetraut! Adieu, Herr Ziesel, die Suppe wird kalt! (Knixt und läuft lachend nach links ab).

Ziesel (knieen bleibend).

Sie hat kein Herz!

(Vorhang fällt schnell).

Ende des ersten Actes.

Act II.

Decoration und Möbel wie Act 1.

Zweiter Act.

Erste Scene.

Pirkner, Franz von links, später **Mathilde** durch die Mitte.

Pirkner.
Habe da wieder eine Arbeit für Sie, lieber Webel. Vor einigen Tagen war eine verrückte Dichterin bei mir, ich glaube, sie hieß Frau Frosch, — hat mir einen ganzen Berg Gedichte gebracht, Alles Unsinn!

Franz.
Ich hatte das Vergnügen, die Dame zu sehen, kann mir ihre Gedichte lebhaft vorstellen, ohne sie gelesen zu haben.

Pirkner.
Haben recht, aber heute Morgen habe ich doch aus purer Langeweile einmal hineingeguckt und habe doch etwas gefunden.

Franz.
Das hätte ich nicht vermuthet!

Pirkner.
Zwei rührende Balladen, zusammengereimt aus so blü=hendem Blödsinn, daß sie wie für den „Knall" geschaffen sind! Freilich hat die Dichterin diese komische Wirkung nicht bezweckt, denn ich sollte die Gedichte als „Mädchenträume" herausgeben!

Franz.
Da wird die Dame kaum einwilligen, die Gedichte in einem Witzblatte zu verwerthen!

Pirkner.
Sie wird froh sein, wenn etwas von ihr gedruckt ist. Habe an die Person geschrieben und ihr zwanzig Mark Honorar offerirt.

Franz.
Und meine Arbeit?

Pirkner.
Sie müssen mir die Dinger illustriren, aber recht komisch, sie vertragen es!

Franz.
Sehr gern, das wird leicht zu machen sein.
Pirkner.
Werde Ihnen dann die Blätter schicken. (Sieht auf die Uhr).
Na, ein halbes Stündchen kann ich noch schlafen, ehe ich
ins Kaffeehaus muß; wollen Sie mich dann begleiten?
Franz.
Ich bedauere, ich habe mir vorgenommen, heute Nachmittag
nicht auszugehen.
Pirkner.
Na, wie Sie wollen! Jetzt muß ich aber schlafen, lieber
Webel: Nach dem Essen sollst Du ruhn und ein Weilchen
gar nichts thun! (Geht rechts zweite Thür ab).
Franz.
Angenehme Ruhe! (Für sich). Ob Goldchen das Bild schon
gesehen hat?
Mathilde (in einer Rolle lesend).
Es ist doch zu schwer!
Franz (für sich).
Ach da ist sie. (Zu Mathilde). So vertieft, Fräulein Goldchen?
Mathilde (ihn bemerkend).
Herr Webel! (Reicht ihm die Hand). Meinen besten, besten Dank.
Das Bild ist zu süß, zu nett, und wie hübsch die Ueber=
raschung. Als ich in mein Zimmer trete, steht das kleine
Balg auf dem Tisch und blinzelt mich so schelmisch an,
als wäre es von Fleisch und Blut.
Franz.
Mich freut's, daß mir das Bild gelungen ist; gestern
konnte ich es vollenden, da die kleine Else wieder Fräulein
Marie besuchte. Ein Paar Stückchen Kuchen, und das Kind
saß so ruhig und still, daß ich gar nicht viel Mühe hatte.
Heute Vormittag führte ich noch das kleine Bouquetchen aus,
welches das Kind in der Hand hält und dann — —
Mathilde.
Dann trugen Sie es in mein Zimmer, ach, Sie sind zu
nett!

Franz.
Nein, das Stubenmädchen stellte das Bild auf. Ich sah nur durch die Thür und gab die Stellung an, denn ich wagte nicht, ohne Ihre Erlaubniß einzutreten.

Mathilde.
Das hätten Sie immerhin wagen können, oder glauben Sie, daß es so unordentlich bei mir aussieht, daß ich keine Gäste empfangen kann?

Franz.
Auch mit dem einen Blick, den ich in das Zimmer warf, konnte ich bemerken, daß darin eine ordnende Hand waltet.

Mathilde.
Sehen Sie, Sie böser Mensch, Sie haben Sich ordentlich darnach umgesehen, ob ich nicht liederlich bin.

Franz.
Keinesfalls hatte ich die Absicht — —

Mathilde.
Keine Ausreden, ich weiß recht gut, daß Sie mich stets beobachten und mich oft heimlich bei sich auszanken, so ganz heimlich. Habe ich nicht Recht?

Franz.
Wie kommen Sie auf den Gedanken?

Mathilde.
Das ist gleich, aber Sie thun es!

Franz.
Und wenn ich es thäte, so geschieht es nur in Gedanken, und das kann Sie nicht verletzen!

Mathilde.
Das verletzt mich auch gar nicht. Wenn Sie auch laut schelten würden, ich ließe Sie gewähren! (Lachend). Ich bleibe doch wie ich bin!

Franz (warm).
Das sollen Sie auch, Goldchen! Laßen Sie Sich nicht beirren durch die Anderen, bleiben Sie stets kindlich, natürlich und frisch, das ist Wahrheit! Die gesellschaftliche Form, die Tournüre verwischen das Ursprüngliche und lehren uns

die Verstellung, die Lüge! Und lügen können Sie nicht, das weiß ich!
Mathilde.
O vielleicht doch — — so eine kleine Nothlüge — —

Zweite Scene.
Vorige, Carl durch die Mitte.
Carl (zu Mathilde).
Guten Tag! Wie geht es, kleine Freundin? (Reicht Franz die Hand).
Mathilde.
Sehr gut, großer Freund!
Carl (zu Franz).
Nun, wie weit bist Du mit den Vorbereitungen?
Franz.
Wegen meiner könnte der Geburtstag schon heute sein; die Decoration ist fertig und liegt aufgespannt auf dem Dachboden, meine Rolle kann ich auch.
Carl.
Das ist recht! — Einen Souffleur habe ich auch gefunden, einen armen Schauspieler, Namens Ehrenkranz. Er kam gestern zu mir und bat um eine Unterstützung. Ich kenne ihn aus meinem ersten Engagement, er ist ein verkommener Mensch, aber er kann uns nützen und sich ein Stück Geld verdienen.
Mathilde.
Wird er schon heute auf der Probe sein?
Carl.
Ich habe ihn zu 4 Uhr herbestellt. Für den Fall, daß ihm Herr Pirkner begegnen sollte, habe ich ihm aufgetragen, nach Dir zu fragen und sich als ein Modell auszugeben.
Mathilde.
Ein Modell? Hahaha!
Franz.
Was soll ich mit einem Modell?
Carl.
Das ist ja ganz gleichgültig. Sage Herrn Pirkner, Du

malst einen Characterkopf und bedarfst dazu seiner Nase, — oder mach' irgend solch' eine Ausrede, ich wußte keine bessere.
Mathilde.
Martha Blind kommt auch um 4 Uhr. Wie Sie wissen, hat dieselbe Christinchens Rolle übernommen, da sich letztere geweigert hat, mitzuwirken. Der Onkel geht in sein Kaffeehaus, liest, spielt sein Parthiechen, und wir sind ganz ungestört.
Franz.
Da will ich doch noch schnell meine Zeichnungen in die Redaction senden, damit ich dann keinen Aufenthalt verursache.
Mathilde.
Thun Sie das! Kommen Sie aber gleich wieder hierher, Herr Webel!
Franz.
Gewiß, gewiß! (Ab rechts erste Thür).

Dritte Scene.
Vorige, ohne Franz.
Carl.
Sind Sie auch recht fleißig gewesen?
Mathilde.
Ach ja, den ganzen Vormittag habe ich wieder gelernt, aber es will mir nicht recht in den Kopf. Ich glaube, ich bin zu dumm!
Carl.
Daran liegt es wohl nicht, — Sie können die Gedanken nicht hübsch auf einen Punkt richten, Sie sind zu sehr zerstreut!
Mathilde.
O nein, ich denke an gar nichts Anderes, aber es ist so schwer. — —

Carl (hat die Rolle vom Tisch genommen, setzt sich auf Platz c des Sophas und bietet Mathilde Sessel d an).
Wir wollen einmal ein Examen abhalten. Ich werde Ihnen die Stichworte bringen.
Mathilde (hat sich gesetzt).
Da werde ich es am besten lernen. Nun, fangen Sie an!

Carl (liest).
„Adelheid! Adelheid!"
Mathilde (ohne Ausdruck).
„Ach, ich bin so schnell gelaufen".
Carl (ihr nachsprechend).
„Ach, ich bin so schnell gelaufen". — Das ist nichts! Das müssen Sie hübsch mit Ausdruck sagen! (Ihr vorsagend). „Ach, ich bin so schnell gelaufen".
Mathilde (mit Ausdruck).
„Ach, ich bin so schnell gelaufen".
Carl.
So ist es gut! (Liest). „Du bist ganz außer Athem".
Mathilde (citirend).
„Als ich durch unseren Wald gehe — — durch unseren Wald gehe — —"
Carl (soufflirend).
„Denke Dir, Tantchen, da —
Mathilde.
„Denke Dir, Tantchen, da begegnet mir ein junger Herr und" — — hahaha! (Lacht).
Carl.
Warum lachen Sie denn?
Mathilde.
Ach, es kommt mir zu komisch vor, wenn ich denke, daß Sie den Onkel vorstellen sollen, wie er jung war. Hahaha! So kann Onkelchen doch nie ausgesehen haben!
Carl.
Warum denn nicht?
Mathilde.
Dann müßten Sie ja später auch einmal so aussehen, wie jetzt der Onkel?
Carl (lächelnd).
Ja, das werde ich wohl auch!
Mathilde.
Hahaha! Wenn ich das bedenke — — zu drollig! Wenn Sie dann auch immer sagen: „Nicht wahr, Goldchen?" (Lacht).

Carl.
Das thäte ich wohl nicht, denn hätte ich eine so kleine Nichte, so würde ich sie nicht so verziehen.
Mathilde.
Ich danke für das Compliment. Ich bin also verzogen?
Carl.
Ein wenig, ja!
Mathilde.
Das ist aber gar nicht galant von Ihnen, so etwas einer jungen Dame zu sagen.
Carl.
Ich bitte um Entschuldigung, ich scherzte nur! Sie sind sehr wohl erzogen, mein Fräulein!
Mathilde.
Das ist nun gar eine Malice.
Carl.
Ich bin nur galant und widerrufe.
Mathilde.
Nein, sie spotten!
Carl.
Warum spotten?
Mathilde.
Weil ich recht gut weiß, daß ich verzogen bin.
Carl.
Weshalb also schelten Sie mich, wenn ich die Wahrheit rede?
Mathilde.
Ach, mit Ihnen kann man nicht streiten!
Carl.
Weil ich Recht habe!
Mathilde.
Sie wollten ja die Rolle mit mir durchgehen? — —
Carl.
Aber Sie sind nicht bei der Sache — —
Mathilde.
Hahaha! Und Sie auch nicht! Sehen Sie, so geht mir's immer — immer. (Lacht und steht auf, Carl ebenfalls).

Vierte Scene.

Vorige, Marie und Christine von links, letztere mit Hut.

Marie.
Guten Tag, Herr Heise!

Christine.
Guten Tag!

Carl.
Ich habe die Ehre, meine Damen!

Marie.
Ich war gestern mit Christine und Mathilde im Theater und muß Ihnen danken für den genußreichen Abend; die Rolle ist wie für Sie geschrieben.

Carl.
Es ist mir angenehm zu hören, daß Sie Sich unterhalten haben.

Mathilde.
Ich bin doch zu dumm! — Nun habe ich mich so darauf gefreut, Ihnen, wenn Sie kommen, ein recht großes Compliment zu sagen, und nun habe ich es vergessen.

Carl.
Machen Sie sich deshalb keine Sorgen.

Mathilde.
Sie machen Sich freilich nichts daraus, Sie geben nichts auf mein Urtheil; aber mir ist es nicht gleich, durchaus nicht gleich, was Sie von mir denken!

Marie.
Ich muß Mathilden beistehen, sie war ganz entzückt und plauderte den ganzen Abend von Ihnen.

Christine.
Ja, das ist wahr! Auch mir haben Sie sehr gut gefallen, ich war so aufgeregt, daß ich gar kein Abendbrod zu mir nahm.

Marie.
Christine schwärmt überhaupt gerne ein bischen.

Christine.
Nun muß ich aber zu Martha, ich versprach ihr, sie abzuholen. Adieu, Herr Heise, auf Wiedersehen! (Ab durch die Mitte).

Fünfte Scene.

Marie, Mathilde, Carl, Pirkner von rechts zweite Thür, mit Hut.

Pirkner.
Ah, sieh da, Herr Heise! Nett von Ihnen, daß Sie wieder einmal zu uns kommen. (Giebt ihm die Hand).

Carl.
Wieder einmal? Ich befürchtete schon, lästig zu fallen, da beinahe kein Tag vergeht, ohne daß ich hier vorspreche.

Pirkner.
Lästig? Wie können Sie so etwas sagen! Ich bin froh, wenn Sie hier sind, und meine Damen sind, glaube ich, auch nicht böse. — Unter uns, haben Allen den Kopf verdreht, sind Alle entzückt, hahaha! Nicht wahr, Goldchen?

Mathilde.
Aber Onkelchen! Du wirst Herrn Heise ebenso verziehen wie mich!

Pirkner.
So, so! Habe ich Dich verzogen? Na warte, da werde ich jetzt furchtbar strenge sein. (Zu Carl). Und gegen Sie auch, hahaha! Nicht wahr, Goldchen?

Sechste Scene.

Vorige, Ziesel durch die Mitte, in Uniform eines Garde-Freiwilligen.

Mathilde (Ziesel bemerkend).
Hahaha! Onkelchen! Herr Heise! Mariechen! Seht doch! Hahaha! Zu komisch! (Holt Ziesel nach vorn und dreht ihn herum). Lassen Sie Sich doch einmal ansehen, nein, wie nett! Drehen Sie Sich doch einmal herum. Gott, die hübsche Uniform!

Ziesel.
Aber, gnädiges Fräulein. (Zu den Uebrigen). Ich wünsche guten Tag!

Mathilde.
Ach was! Guten Tag, das sagt kein Soldat! (Commandirt). Still gestanden und hübsch militairisch gegrüßt! (Ziesel thut es). So ist es recht! Nein, brillant sehen Sie aus!

Pirkner.
Ja, steht Ihnen ganz gut, die Uniform. Haben Sich ja lange nicht bei uns sehen lassen —

Ziesel.
Ich habe meine Extrauniform erst heut' vom Schneider erhalten.

Mathilde.
So müssen Sie Sich photographiren lassen und mir ein Bild schenken.

Carl.
Ein ganzer Soldat. Sie beginnen schon Eroberungen zu machen!

Marie (will Ziesel die Mütze abnehmen).
Darf ich bitten?

Ziesel (Mütze festhaltend).
Ich danke sehr, ich wollte nur einen Augenblick — —

Marie.
Haben Sie Dienst?

Ziesel.
Nein, das nicht, aber — — —

Pirkner.
Nun, so bleiben Sie ein Stündchen bei uns. (Ziesel giebt die Mütze an Marien).

Mathilde (zu Carl).
Sind Sie auch Soldat?

Carl.
Nein, man konnte mich nicht gebrauchen.

Mathilde.
Wie schade! Ich möchte Sie auch einmal in Uniform sehen.

Siebente Scene.

Vorige, Christine und Martha durch die Mitte.

Christine.
So, da sind wir!

Martha.
Guten Tag!

Pirkner.
Martha? Ei, ei, und wie Du Dich geputzt hast —
Martha.
Nicht doch! Papa und Mama lassen grüßen.
Pirkner.
Die Herrschaften kennen sich wohl noch nicht? (Vorstellend). Herr Heise — Fräulein Martha Blind. (Carl, Martha und Pirkner wechseln einige Worte).
Mathilde (zu Marie).
Onkelchen geht ja gar nicht fort?
Marie.
Ich wundere mich auch, seine Zeit ist längst gekommen!
Mathilde.
Onkelchen, willst Du nicht in das Kaffeehaus gehen?
Pirkner.
Da wir heute so lieben Besuch haben, will ich nicht ausgehen. Nimm mir den Hut ab, Goldchen!
Mathilde (den Hut nehmend).
Aber Onkelchen, das ist ja ganz gegen Deine Gewohnheit?
Carl.
Bitte, Herr Pirkner, lassen Sie Sich doch nicht abhalten!
Pirkner.
Nein, nein, ich bleibe gern!
Mathilde.
Onkelchen, das ist nicht wahr! Ich weiß, Du kannst ohne Dein Kaffeehaus nicht leben. Herr Heise! Herr Ziesel! Nicht wahr? Sie entschuldigen schon den Onkel. (Will ihn zur Thür drängen).
Carl.
Bitte, bitte!
Ziesel (der mit Marie und Christine spricht).
Bitte!
Pirkner.
Aber so laß mich doch, Goldchen! Willst Du mich mit Gewalt forttreiben?

Mathilde.
Ja, Onkelchen! Weil ich weiß, daß es Dir schadet, wenn Du zu Hause bleibst. Deine Gesundheit erfordert, daß Du ausgehst; es ist ja so schönes Wetter, und Deine Freunde werden zanken, wenn Du nicht kommst!

Pirkner.
Was soll denn das heißen? (Droht mit dem Finger). Goldchen, Goldchen!

Mathilde.
Wirklich, es ist nur Besorgniß um Dich! Du gehst, nicht wahr? Onkelchen, wenn Du wiederkommst, gebe ich Dir auch einen so schönen Kuß, wie Du noch nie einen bekommen hast! (Will ihn immer fortdrängen).

Pirkner.
Na, na, ich merke was! Ihr wollt mich Alle fort haben! Nicht wahr, Goldchen?

Mathilde.
Ja, Onkelchen, aber nur aus Liebe für Dich! Onkelchen, wenn Du artig bist und gehst, so bekommst Du gleich den Kuß!

Pirkner.
Na, dann muß ich wohl?

Mathilde (umarmt und küßt ihn).
Ach, Herzensonkelchen! Du bist doch der beste Onkel von der ganzen Welt!

Pirkner.
Schelm, Schelm! Na, ich merke was! Hahaha! So dumm bin ich auch nicht! Nicht wahr, Goldchen?

Mathilde.
Nein, Onkelchen, Du bist klug, so klug! (Setzt ihm den Hut auf). Adieu, Onkelchen!

Pirkner.
Ich weiß schon, so dumm bin ich nicht, hahaha!

Mathilde (ihn fortziehend).
Komm, Onkelchen, komm!

Pirkner (im Abgehen).
Adieu — ich merke was! Adieu! So dumm bin ich nicht!

Mathilde.
Abieu, Onkelchen! Abieu! (Zieht ihn in den Garten und geht mit ab, kommt aber gleich zurück).

Achte Scene.
Vorige, ohne Pirkner.
Martha.
Der arme Herr Pirkner!
Ziesel (zu Christine).
Ich glaube, Herr Pirkner weiß jetzt Alles!
Christine.
Daß etwas vorbereitet wird, ahnt er; aber er weiß doch immerhin noch nicht, was es ist?
Mathilde (zurückkommend).
Gott sei Dank! Onkelchen ist fort, nun sind wir ungestört!
Carl.
Wo bleibt nur Franz?
Mathilde.
Herr Webel? Der sah eben zum Fenster hinaus, ich winkte ihm, er wird also wohl erscheinen.

Neunte Scene.
Vorige, Franz und Ehrenkranz von rechts erste Thür. Letzterer reducirt aussehend, bestrebt sich, elegant zu erscheinen.
Franz.
Ich wartete schon mit Schmerzen auf den Augenblick, wo sich Herr Pirkner entfernen würde. (Deutet auf Ehrenkranz). Hier ist unser Souffleur — Herr Schauspieler Ehrenkranz!
Ehrenkranz.
Ich habe die Ehre, meine Damen und Herren! Sie sollen Sich mit Ihrem Vertrauen an keinen Unwürdigen gewandt haben. Auch kennt mich hier mein hochgeschätzter College, Herr Heise, gut genug, um Ihnen sagen zu können — —
Carl (unterbrechend).
Ja wohl, lieber Ehrenkranz, Sie sind ein Mann von Talenten. Doch, nun wollen wir beginnen!
Marie.
Wollen die Herrschaften nicht erst den Kaffee zu sich nehmen?

Mathilde.
Liebes Mariechen, laß den Kaffee im Salon serviren, wir trinken ihn während der Probe.
Martha.
Ich stimme Goldchen bei. Fangen wir nur an!
(Ehrenkranz stellt sich unterdessen stumm den einzelnen Personen vor).
Mathilde.
Halt! Christinchen und Herr Ziesel dürfen nicht mit in den Salon; wer nicht mitspielt, soll auch nicht zusehen.
Christine.
Wir wollen auch gar nicht in den Salon, nicht wahr, Herr Ziesel?
Ziesel.
Nein, wir wollen nicht in den Salon!
Christine.
Mariechen, Du sendest mir und Herrn Ziesel wohl den Kaffee hierher?
Marie.
Gewiß, mein Kind! (Ab).
(Während der letzten Reden sind Alle nach und nach links abgegangen, bis auf Christine und Ziesel).

Zehnte Scene.
Christine, Ziesel, dann Jette von links.

Christine (nach einer kleinen Pause).
Nun sind wir ganz allein!
Ziesel.
Ja, die Anderen sind alle fortgegangen.
Christine.
Werden Sie Sich auch nicht langweilen bei mir?
Ziesel.
Gewiß nicht, mein Fräulein!
Jette (bringt Kaffeebrett, Kanne, 2 Tassen, Gebäck und stellt Alles auf den Tisch links vorn, dann ab).
Christine (sich auf Platz c setzend).
Bitte, nehmen Sie Platz.
Ziesel (setzt sich auf Sessel d).
Ich bin so frei!

Christine (einschenkend).
Trinken Sie weiß oder schwarz?

Ziesel (zieht die Handschuhe aus).
Weiß, wenn ich bitten darf!

Christine (Zucker präsentirend).
Nehmen Sie Zucker?

Ziesel (sich bedienend).
Zwei Stückchen, wenn ich bitten darf!

Christine (Gebäck präsentirend).
Darf ich bitten?

Ziesel (nimmt ein Stück).
Ich bin so frei!

Christine.
Wir sind eigentlich viel besser daran, wir trinken gemüthlich unseren Kaffee, und die Anderen müssen sich plagen.

Ziesel.
Ja wohl, wir lassen uns dann am Geburtstag überraschen und bilden das Publicum!

Christine.
Das Stückchen ist recht nett, Papa wird sich gewiß sehr freuen. Es behandelt ein kleines Abenteuer, das er in seiner Jugend mit einer Försterstochter erlebte.

Ziesel.
Wer stellt Ihren Herrn Papa dar?

Christine.
Herr Heise, — Mathilde spielt das Förstermädchen. Ich hätte eigentlich auch ganz gerne mitgewirkt, aber — — Wissen Sie, warum ich meine Rolle abgegeben habe?

Ziesel.
Nein, gnädiges Fräulein!

Christine.
Weil Sie nicht mitspielen!

Ziesel (erstaunt).
Ich? — —

Christine.

Ja wohl! Ich hätte gar zu gerne eine Scene mit Ihnen gehabt, aber Goldchen sagte, Sie hätten kein Talent, und nun spielt Herr Webel die Rolle.

Ziesel.

Fräulein Weißen hat ganz Recht, ich habe auch kein Talent!

Christine.

Das glaube ich nicht, Sie getrauen Sich nur nicht.

Ziesel.

Meinen Sie?

Christine.

Wenn Sie nur ernsthaft wollten, würde es schon gehen!

(Längere Pause, darnach beide zugleich).

Christine.

Wissen Sie, Herr Ziesel —

Ziesel.

Mein geehrtes Fräulein — (Kleine Pause).

Christine.

Sie wollten etwas sagen?

Ziesel.

Bitte, nach Ihnen!

Christine.

Ach, ich meinte nichts.

Ziesel.

Ich auch nicht — das heißt — ich wollte — — dürfte ich noch um eine Tasse Kaffee bitten?

Christine.

Sehr gerne. (Schenkt ein).

Ziesel.

Ich danke sehr! Der Kaffee ist ausgezeichnet!

Christine.

Wie gefällt es Ihnen denn beim Militair?

Ziesel.

O, ganz gut, man wird zwar sehr müde von dem vielen Exerciren, aber Papa meint, das wäre gesund!

4*

Christine.
Nehmen Sie Sich nur in Acht, strengen Sie Sich nicht zu sehr an.
Ziesel.
Ob ich mich anstrenge, darnach frägt der Herr Unterofficier nicht.
Christine.
Ich denke es mir schrecklich und erst das Schießen, das kann ich nun gar nicht vertragen.
Ziesel.
Bis jetzt schießen wir auch noch nicht.
Christine.
Nicht? Also exercieren Sie den ganzen Tag?
Ziesel.
Wir lernen grüßen, machen Wendungen, üben langsamen Schritt, turnen und haben Instructionsstunde!
Christine.
Aber die Officiere sind doch recht liebenswürdig gegen Sie?
Ziesel.
Gewiß, ich habe bis jetzt noch keine Unannehmlichkeiten gehabt. (Kleine Pause). Dürfte ich noch um eine Tasse Kaffee bitten? Der Kaffee ist ausgezeichnet.
Christine (schenkt ein).
Mit Vergnügen!
Ziesel.
Ob die Probe sehr lange dauern wird? —
Christine.
Sie langweilen sich wohl?
Ziesel.
O, durchaus nicht, ich meine nur —
Christine.
Sie haben wohl Sehnsucht nach Goldchen?
Ziesel.
Nein! Wie kommen Sie auf diese Frage?

Christine.
Weil ich weiß, daß Sie Sich sehr für meine Cousine interessiren!

Ziesel.
O nein, ich interessire mich gar nicht für sie.

Christine.
Wie können Sie läugnen! Sie sind ja förmlich ihr Schatten. Wenn Sie bei uns sind, zeichnen Sie sie stets aus, während Sie andere Personen oft gar nicht bemerken.

Ziesel.
Ich bemerke alle Personen, aber Fräulein Weißen nahm mich stets in Beschlag; ich mußte ihr erzählen, mit ihr spielen. Dann war sie immer so freundlich und gut gegen mich, auch wenn sie mich neckte, sodaß ich —

Christine (einfallend).
Daß Sie Sich in sie verliebt haben, gestehen Sie es nur ein!

Ziesel.
Ich habe Fräulein Weißen allerdings sehr gerne gehabt, aber ich habe sie nicht geliebt. Sie hat kein Herz!

Christine.
Das will ich nicht sagen, doch sie spielt mit Allen, weil Alle mit sich spielen lassen.

Ziesel.
Ich lasse nicht mehr mit mir spielen!

Christine.
Da haben Sie Recht! Aber Sie lassen Sich doch wieder bestricken.

Ziesel.
Gewiß nicht, ich bin ja ein Mann!

Christine.
Geben Sie mir Ihr Wort darauf.

Ziesel.
Mein Ehrenwort!

Elfte Scene.

Vorige, Fr. Dr. Frosch durch die Mitte.

Doctorin.
Entschuldigen Sie, wenn ich störe.
Christine.
Bitte, Sie stören nicht. (Aufstehend, für sich). Wie unangenehm! (Ziesel steht auf und steht stramm).
Doctorin.
Kann ich wohl Ihren Herrn Papa sprechen?
Christine.
Papa ist ausgegangen.
Doctorin.
Wie fatal! Soeben erhalte ich ein Schreiben des Herrn Papa, daß er zwei meiner Gedichte verwerthen kann, und so bittet er um meine Erlaubniß, sie drucken zu lassen. (Bemerkt Ziesel). Aber was sehe ich? Herr Ziesel! Und in Uniform? Wie mich das freut! Wie geht es Ihrer lieben Schwester, meiner lieben, lieben Amalie?
Ziesel.
Ich danke, sie befindet sich wohl!
Doctorin.
Wohl? Ach, wie mich das freut! Ob sie meiner noch gedenkt? Ach bitte, grüßen Sie, grüßen Sie recht herzlich von mir, wenn Sie ihr schreiben!
Ziesel.
Sehr gerne! Darf ich um Ihren werthen Namen bitten?
Doctorin.
Sie kennen mich also gar nicht mehr? (Zu Christine). Sehen Sie, so sind die Männer! — Aus den Augen, aus dem Sinn! — (Zu Ziesel). Wie oft haben Sie mit mir geplaudert, wie oft haben Sie mich nach Hause begleitet, wenn ich bei Ihrer Schwester war. Mein Name ist Frosch, verwittwete Doctorin Frosch!
Ziesel.
Ach, entschuldigen Sie, das ist schon so lange her, — ja, ich erinnere mich, ich war damals elf oder zwölf Jahr alt.

Doctorin (wirft ihm einen vernichtenden Blick zu).
Allerdings, wenn es so lange her ist, kann ich auf Ihre Bekanntschaft keinen Anspruch machen. (Dreht ihm den Rücken, zu Christine). Also Ihr Herr Papa ist nicht da? Das ist schrecklich! Ich muß morgen verreisen und muß ihn noch heute sprechen. (Zieht Christine bei Seite). Denken Sie Sich, ich habe ihn, den Verräther, meinen Carlos! In einem kleinen Städtchen, zwei Stunden von hier, hat ihn ein Bahnbeamter, den ich kenne, gesehen; ich glaube, er ist dort engagirt. Morgen eile ich hin und hole den Pflichtvergessenen, aber vorher muß ich Ihren Herrn Papa sprechen.

Christine.
Papa kommt in einer Stunde zurück, wenn es Ihnen nicht zu spät ist — —

Doctorin.
Und wenn ich um Mitternacht den Weg machen müßte, ich würde nicht zurückbeben. Also in einer Stunde. Leben Sie wohl, mein Kind! (Macht einen steifen Knix vor Ziesel, rasch ab durch die Mitte).

Zwölfte Scene.
Vorige, ohne Fr. Dr. Frosch.

Ziesel.
Ich kann mich wirklich kaum auf die alte Dame besinnen. Es sind wenigstens 10 Jahre her, daß sie meine Schwester 'mal besuchte.

Christine.
Sie ist ein bischen überspannt. Wollen Sie noch eine Tasse Kaffee?

Ziesel.
Ich danke, mir ist ohnedies schon so heiß.

Christine.
Daß wir auch gestört werden mußten, wir waren so schön im Plaudern. Wollen Sie nicht Platz nehmen?

Ziesel.
Ich bedauere. (Auf die Uhr sehend). Ich muß jetzt nach Hause, mein Papa erwartet mich!

Christine.
Wie schade, dann bin ich ganz allein!

Ziesel.
Ich würde sehr gerne — aber mein Papa — —
Christine.
Ich will Sie auch nicht aufhalten. (Giebt ihm seine Mütze). So gehen Sie, aber kommen Sie recht bald wieder, hören Sie? Recht bald und vergessen Sie nicht, was Sie mir versprochen haben!
Ziesel.
O nein, ich bin standhaft!
Christine (giebt ihm die Hand).
Auf Wiedersehen!
Ziesel (schüttelt ihr die Hand).
Adieu, adieu. (Faßt plötzlich den Entschluß und küßt die Hand). Liebes Fräulein! (Rasch durch die Mitte ab).
Christine (ihm nachblickend).
Liebes Fräulein! — Wie hübsch das klingt! (Geht langsam in den Garten).

Dreizehnte Scene.
Franz und Carl von links.
Carl.
Das Stückchen geht sehr gut, ich hoffe, wir werden Ehre damit einlegen.
Franz.
Ich glaube es bestimmt. Wie Goldchen reizend spielt, wie gefühlvoll und wahr; siehst Du, das ist ein Haideröschen, ein Naturkind, deren Existenz Du stets läugnest.
Carl.
Meinst Du?
Franz.
Wärest Du anderer Meinung?
Carl.
Allerdings! Dieses Goldchen ist nichts weniger, als ein Naturkind, sie ist im Gegentheil eine ganz perfecte Kokette!
Franz (aufbrausend).
Carl! Wie kannst Du so etwas sagen!

Carl.
Weil ich nicht blind bin, wie Du. Siehst Du nicht, wie dieses Naturkind mit Jedem schäkert, mit Jedem spielt, von Herrn Ziesel angefangen bis zu dem alten Onkel?
Franz.
Sie spielt, ja, aber wie ein Kind, wie ein harmloses Kind!
Carl.
Und lacht dann Alle aus!
Franz (erregt).
Ich bitte Dich, Carl, rede nicht so! Nimm dieses Wort Kokette zurück: es giebt kein edleres, gemüthstieferes Herz, als Goldchen!
Carl.
Herz? Eben das mangelt ihr. Sie ist eine jener glücklichen Naturen, die durch das Leben hüpfen, ohne auch nur einen ernsten Gedanken zu haben!
Franz.
Willst Du Ihr den Frohsinn zum Vorwurf machen?
Carl.
Durchaus nicht, aber es giebt Momente, über die der Mensch nicht so leicht hinwegtanzen darf!
Franz.
Das thut auch Goldchen nicht. Sie hat Mitgefühl, besitzt Dankbarkeit — gerade auf sie macht Alles Eindruck!
Carl.
Im ersten Augenblicke ja, da wird sie vielleicht weicher fühlen, als manche Andere, aber nicht tiefer; im nächsten Moment schon würde sie lachen und an Nichts mehr denken.
Franz.
Wie falsch beurtheilst Du sie!
Carl.
Falsch? Beobachte doch! Das erste, erhabenste Gefühl des Weibes ist die Liebe! Kannst Du Dir Goldchen denken, leidenschaftlich liebend? Nein! Leicht wird ihr heute oder morgen der oder jener gefallen, sie wird ihn zu ihren Füßen zwingen und ihm dann lachend den Rücken kehren, um mit

dem Nächsten daſſelbe Spiel zu treiben. Vielleicht ein Titel, ein großer Name, bedeutendes Vermögen wird ſie feſſeln, ſie wird einſt eine glänzende Parthie machen — —

Franz.
Was hat Dir Goldchen gethan, daß Du ſo von ihr denkſt?

Carl.
Mir hat ſie nichts gethan und wird mir auch nie gefährlich werden, weil ich ſehe, wie ſie, wenn ſie mir mit dem einen Auge zulächelt, mit dem anderen nach dem Nachbar blickt! Sie iſt eine Kokette.

Franz.
Carl, ſprich nicht ſo in dieſer Weiſe! Alle Gründe, die Du anführteſt, ſind nicht ſtichhaltig; ſie leben nur in Dir, in Deiner gegen Alles mißtrauiſchen Seele. Darum werde ich auch nicht zugeben, daß Du ſo von Goldchen ſprichſt, wenigſtens nicht in meiner Gegenwart!

Carl.
Weil Du ein Schwärmer biſt!

Franz.
Nein, nicht weil ich ein Schwärmer bin, denn ich bin es nicht; aber ich muß die Abweſende vertheidigen, gegen Dich ſchützen!

Carl.
Und ich ſage Dir, Du täuſcheſt Dich in Goldchen, denn — —

Vierzehnte Scene.
Vorige, Mathilde von links.

Mathilde.
Was iſt mit mir, Herr Heiſe? Ich hörte meinen Namen!

Carl.
Wir ſprachen nur von Ihrem ſchauſpieleriſchen Talent!

Mathilde.
Das freut mich! Nicht, daß Sie mich für talentirt halten, denn da ſchmeicheln Sie doch wohl nur, aber ich höre mich das erſte Mal von Ihnen „Goldchen" nennen, und ich liebe dieſen Namen!

Carl.
Ich würde mir nicht erlaubt haben, in Ihrer Gegenwart — — —

Mathilde.
Warum nicht? Das gefällt mir an Ihnen eben nicht, daß Sie immer so ceremoniell zu mir sind; alle meine Freunde nennen mich so, nur Sie nicht, gerade Sie nicht!

Carl.
Und warum fordern Sie es gerade von mir?

Mathilde.
Weil ich auch Sie gerne zu meinen Freunden zählen möchte! — Sehen Sie, ich bin nicht so förmlich, ich sage Alles gerade heraus und mache kein Hehl aus meiner Zuneigung; ich sage Jedem: dich mag ich leiden, oder nicht. Bei Ihnen weiß man nie, woran man ist!

Carl.
Wenn Sie es wünschen, werde ich Sie künftig „Fräulein Goldchen" nennen. (Betont das Wort „Fräulein" mehr als „Goldchen").

Mathilde.
Fräulein Goldchen! Nein, ich wünsche es nicht. So will ich den Namen lieber nicht hören.

Carl.
Sie sind übler Laune, wie es scheint?

Mathilde.
Weil Sie ein Vergnügen daran finden, mir die gute Laune zu nehmen!

Carl.
Dann bitte ich um Verzeihung. Das lag nicht in meiner Absicht! (Geht zu Franz, der Beide beobachtet, leise). Du siehst, auch mich möchte Sie gerne an ihren Triumphwagen spannen! (Mathilde tritt zurück).

Franz.
Du warst unhöflich, wahrhaftig, Du täuschest Dich!

Fünfzehnte Scene.

Vorige, Christine durch die Mitte, spricht im Hintergrund mit Mathilde. Marie, Martha, Ehrenkranz und Jette von links.

Martha (zu Carl).
Also hier findet man Sie endlich? Ich glaubte schon, Sie hätten Sich ohne Abschied entfernt!
Jette (trägt das Kaffeegeschirr fort und bringt Wein und Gläser zum Tisch links vorn, dann ab nach links).

Carl.
Halten Sie mich für so ungalant?

Martha.
Von den Herren Künstlern kann man in der Regel nicht viel Galanterie erwarten. (Martha und Carl setzen sich, erstere auf Sessel e, letzterer auf Sessel f).

Ehrenkranz (zu Marie).
Ja, gnädiges Fräulein, Glück muß der Mensch haben! Sehen Sie da meinen verehrten Collegen Heise, kam zu uns als totaler Anfänger, habe ihm oft zeigen müssen, wie man einen Stuhl auf die Bühne trägt. Nun ist er ein gemachter Mann.

Marie.
Warum geben Sie einen Beruf nicht auf, in dem Sie so schlimme Erfahrungen machten? Sollten Sie keine andere Stellung finden?

Ehrenkranz.
Nein, das kann ich nicht! Ich bleibe ein Künstler. Wenn ich auch stets verkannt werde, ich will treu ausharren auf meinem Posten. (Ehrenkranz setzt sich auf Sessel a, Marie nimmt Sophaplatz b ein).

Christine (zu Mathilde).
Du versprichst es mir also?

Mathilde (sie umarmend).
Gewiß, mein Christinchen, ich werde Deinen lieben Herrn Ziesel nie mehr necken. (Gehen Beide nach vorn. Mathilde nimmt Sophaplatz c ein, Christine steht hinter demselben).

Marie (zu Ehrenkranz).
Darf ich Ihnen einschenken?

Ehrenkranz.
Ich bitte darum!
Mathilde (zu Franz, der rechts hinten steht).
Aber Herr Webel, was sind Sie so traurig und stehen da so allein? Setzen Sie sich doch zu uns!
Franz (vorkommend, auf Stuhl d sich setzend).
Ich habe etwas Kopfweh!
Carl (der ab und zu nach Mathilde sieht, für sich).
Nun kokettirt sie wieder mit Franz — ich habe doch Recht!
Martha (zu Carl).
Sie geben mir keine Antwort?
Carl.
Ich bitte um Nachsicht, ich habe etwas Kopfweh!
Mathilde (zu Franz).
Hören Sie nur, was Herr Ehrenkranz Alles erzählt, das wird Sie zerstreuen und ist die beste Medicin gegen Kopfweh!
Martha (zu Carl).
Darf ich Ihnen mein Fläschchen Eau de Cologne anbieten?
Carl (nimmt dasselbe).
Besten Dank! Sie sind die Liebenswürdigkeit selbst, gnädiges Fräulein!
Ehrenkranz (hat fortwährend erzählt und getrunken).
Was sagen Sie dazu?
(Alle am Tische links lachen).
Mathilde.
Reizend, zu drollig! (Zu Martha). Martha, höre doch auch ein wenig zu, Herr Ehrenkranz ist zu komisch.
Martha.
Ich danke, Herr Heise erzählt mir soeben eine sehr span=
nende Geschichte!
Ehrenkranz.
Solche Fatalitäten kommen oft vor! Als ich in Kiritz den Posa spielte, was geschieht mir? Im letzten Act, nachdem ich von Carl Abschied genommen, soll doch der Schuß fallen. Der Soldat kommt auch heraus, legt an, der Hahn knackt, aber der Schuß geht nicht los. Der Soldat läßt den Hahn

noch einmal knacken — umsonst! Was sollte ich machen? Sterben mußte ich, also fasse ich mich schnell und breche mit dem Rufe: „Ha! Eine Windbüchse!" zusammen! (Alle links lachen).

Mathilde (zugleich).
Gott wie nieblich!

Christine.
Zum todtlachen!

Ehrenkranz.
Wir gaben einmal „Norma". Das Zelt der Norma, die Decoration, hat sich in den Stricken verwickelt und kann nicht herabgelassen werden. In der Verlegenheit befiehlt der Regisseur, irgend ein einthüriges Zimmer herunterzulassen. Es geschieht. Norma, mit den Kindern am Arm, tritt auf. Das Publicum bricht in ein Höllengelächter aus. Was war's? Am Tage vorher hatten wir die Posse „Leichte Person", und über der Thür des Zimmers hing noch von gestern das Schild „Willkommen Eulalia aus Ischl!" (Alle links lachen).

Martha (zu Carl).
Eine große, sehr große Bitte hätte ich, wenn Sie mir nicht zürnen!

Carl.
Sie haben über mich zu befehlen!

Martha.
Ich besitze ein Künstler-Album; würden Sie mir die große Freude machen und mir Ihr Bild verehren?

Carl.
Es wird mir ein Vergnügen sein, aber auch ich habe dann eine dreiste Bitte!

Martha.
Und die wäre?

Carl.
Ich bitte auch um Ihr Bild!

Martha (reicht ihm die Hand).
Von Herzen gern!

Carl (küßt ihr die Hand).

Tausend Dank!

(Am Tische links wird wieder gelacht).

Mathilde (aufstehend).

Wollen wir nicht ein Gesellschaftsspiel arrangiren? Ach ja, bitte, bitte! (zu Martha). Du spielst auch mit, nicht wahr?

Martha.

Ich kann nicht, mein Kind, ich muß nach Hause, es ist hohe Zeit! (Steht auf und geht nach hinten. Marie und Christine treten zu ihr. Auf Marien's Klingeln kommt Jette mit Martha's Mantel und Hut).

Mathilde (zu Carl, der aufsteht).

Aber Sie, Herr Heise, werden es mir nicht abschlagen.

Carl.

Ich bedauere, ich habe Kopfweh und —

Mathilde.

Nun, so wollen wir nicht spielen, aber Sie erwarten doch den Onkel?

Carl.

Leider ist es mir unmöglich!

Mathilde.

Onkelchen würde sich aber sehr freuen, Sie noch zu sehen.

Carl.

Ich bedauere wirklich, meine Zeit ist gemessen!

Mathilde (leise).

Sind Sie mir böse?

Carl.

Ich wüßte keinen Grund, mein Fräulein!

Mathilde.

Dann bin ich beruhigt. (Giebt ihm die Hand). Ich wünsche Ihnen gute Besserung! Kommen Sie morgen zu uns?

Carl.

Wenn es meine Zeit erlaubt, doch glaube ich kaum. —

(Verbeugt sich und tritt zu Martha, der er beim Aufstehen hilft).

Mathilde (gepreßt).

Er zürnt mir doch! (Bleibt im Vordergrund).

Ehrenkranz (zu Franz, mit schwerer Zunge).
Lieber Herr Webel, geben Sie mir meinen Hut — der Wein war so stark — ich bin es nicht gewöhnt — Sie entschuldigen!

Franz.
Kommen Sie auf mein Zimmer, dort liegen Ihre Sachen. Sie werden Sich schon wieder erholen.

Ehrenkranz (weinerlich).
Ach, ich kann Nichts mehr vertragen — zu lange keinen Wein getrunken — das macht mein Unglück — mein Unglück. (Fängt an zu weinen).

Franz (giebt Ehrenkranz den Arm und führt ihn ab).
Beruhigen Sie Sich nur, es wird Alles wieder besser! (Beide rechts erste Thür ab).

Martha.
Grüßt mir Euren Papa, morgen komme ich wieder herüber. (Zu Carl). Werde ich Sie morgen hier treffen?

Carl.
Gewiß, gnädiges Fräulein, ich werde das Vergnügen haben!

Mathilde (für sich).
Wenn Martha bittet, dann kommt er. (Wischt sich heimlich die Augen).

Martha.
Und nun zum letzten Male Adieu! (Küßt Marie und Christine).

Carl (zu Martha).
Darf ich Ihnen meinen Arm anbieten?

Martha (den Arm nehmend).
Sehr liebenswürdig! (Zu Mathilde). Adieu, Goldchen! (Tritt mit Carl am Arm vor).

Mathilde (Dreht sich schnell um, sieht Beide groß an, betreten).
Adieu, grüße Deine Eltern! (Wendet keinen Blick von Carl).

Martha.
Hast Du geweint, mein Herz?

Mathilde (schnell).
Geweint? (Erzwungen lachend). Ich wüßte keinen Grund! (Weinerlich). Ich habe nur etwas Kopfweh!

Martha.
Das wird sich bald geben! (Reicht ihr die Hand). Also, adieu, Goldchen.

Carl.

Ich habe die Ehre, mein Fräulein! (Mathilde verneigt sich, Carl und Martha ab durch die Mitte, bis zur Thür begleitet von Marie und Christine).

Mathilde (für sich).

Arm in Arm! (Bleibt ruhig, starr vor sich hinsehend, stehen).

Marie (mit Christine vorkommend).

Wollt Ihr hier bleiben? Ich gehe auf mein Zimmer!

Christine.

Wir wollen Papa erwarten.

Marie.

Bitte, ruft mich, wenn Papa nach Hause kommt. (Ab links).

Sechszehnte Scene.

Mathilde, Christine.

Christine.

Liebes Goldchen!

Mathilde (aus dem Sinnen auffahrend).

Was willst Du?

Christine (nimmt Mathildens Arm und geht mit ihr auf und ab).

Ach, Goldchen, ich bin heute so froh, so vergnügt, ich weiß gar nicht weshalb!

Mathilde.

Weil Herr Ziesel Dir die Hand geküßt!

Christine.

Nein, deshalb nicht, oder doch — ach, ich weiß es ja nicht, aber er war so freundlich, wie nie. Du bist nicht eifersüchtig, gelt? Du hast ihn nicht lieb?

Mathilde.

Nein Christinchen, ich gönne ihn Dir von Herzen!

Christine.

Aber Du bist so still, so ernst! Du freust Dich gar nicht mit mir, und ich bin doch so glücklich, so glücklich!

Mathilde.

Ich habe Kopfweh!

Christine.

Armes Goldchen! (Umarmt sie). Ich will Dir meine Tropfen holen!

Mathilde.
Laß nur!
Christine.
Nein, nein, ich hole sie Dir, ich bin gleich wieder da. (Läuft schnell links ab).

Siebenzehnte Scene.
Mathilde, Pirkner durch die Mitte.
Pirkner.
Goldchen! Guten Abend, Goldchen!
Mathilde (eilt auf ihn zu, umarmt ihn stürmisch).
Onkelchen, Onkelchen, da bist Du ja!
Pirkner.
Da bin ich, Du Schelm! Nun freut sie sich, daß ich da bin, und vorhin wirfst Du mich förmlich zur Thür hinaus!
Mathilde.
Ach, sei nicht böse, Onkelchen! (Umarmt ihn).
Pirkner.
War ich lange genug fort? Eben begegnete mir Herr Heise, Arm in Arm mit Martha. Was sagst Du dazu, Goldchen?
Mathilde (lachend).
Ich? Nichts, Onkelchen! Wahrscheinlich liebt er sie — (immer stärker lachend) und sie ihn — wahrscheinlich lieben sich alle Beide!
Pirkner (besorgt).
Was ist Dir denn? Du bist so aufgeregt? Deine Hand zittert, Goldchen?
Mathilde (zwischen Lachen und Weinen).
Nichts fehlt mir, Onkelchen! Gar nichts! (Weinend). Nur ein bischen Kopfweh! (Hält sich das Tuch vor die Augen, will durch die Mitte ablaufen).
Pirkner (will ihr nach).
Aber Goldchen! Mein Kind!
Mathilde.
Bleib' Onkelchen! (Eigensinnig). Bleib'! Hörst Du? Ich will allein sein, ganz allein! (Unter heftigem Schluchzen ab).

Pirkner (ärgerlich).

Was soll denn das heißen? Wer hat dem Kinde etwas gethan? Noch nie hab' ich Goldchen weinen sehen. (Immer ärgerlicher). Ich kann Thränen nicht leiden, und Goldchen weint, weint!

Achtzehnte Scene.
Pirkner, Christine von links.

Christine.
Goldchen! Ach, Papa, Du bist hier? Wo ist Goldchen?

Pirkner (strenge).
Komm einmal her!

Christine (ängstlich).
Was soll ich denn?

Pirkner.
Herkommen sollst Du! (Christine kommt näher). Was hast Du wieder mit Goldchen gehabt?

Christine.
Nichts, Papa!

Pirkner.
Gezankt habt ihr euch wieder. Laßt mir das Kind zufrieden, sag' ich euch, — (mit dem Finger drohend) oder ihr sollt mich kennen lernen! Nicht wahr, Goldchen?

Christine.
Aber Papa, ich — — —

Pirkner (unterbrechend).
Rede nicht! Goldchen weint, wer ist Schuld daran? Du, nur Du!

Christine.
Wie soll ich denn schuldig sein! (Weinerlich).

Pirkner (heftig).
Fange nicht etwa auch noch an zu weinen!

Christine (weinend).
Ich habe doch gar nichts gethan? Goldchen hat Kopfweh, und ich habe ihr meine Tropfen geholt!

Pirkner.
Höre auf zu weinen, Goldchen ist im Garten!

Christine.
Ich soll an Allem Schuld sein, und ich bin doch unschuldig — (weinend durch die Mitte ab).

Pirkner (ihr nachsehend).
Das ist ja recht nett, nun weint die auch noch! Na, wenn ich den herausbekomme, der an den Thränen schuld ist, der kann sich freuen. Mein armes Goldchen!

Neunzehnte Scene.

Pirkner, Ehrenkranz von rechts erste Thür, stößt an Pirkner an.

Pirkner.
Na nun!

Ehrenkranz (mit schwerer Zunge).
Bitte um Entschuldigung!

Pirkner.
Herr! Was wollen Sie hier?

Ehrenkranz.
Ich will nach Hause!

Pirkner.
Ich glaube, Sie sind betrunken. Wie kommen Sie in dieses Haus?

Ehrenkranz.
Herr Webel — das heißt, ich sollte eigentlich — ach Gott, der Wein. (Fängt an zu weinen). Ich kann Nichts mehr vertragen — das ist mein Unglück, mein Unglück!

Pirkner.
Sind Sie verrückt? — (Für sich). Jetzt heult der auch noch!

Ehrenkranz (weinend).
Das ist mein Unglück — ich kann Nichts mehr vertragen!

Pirkner.
Machen Sie, daß Sie fort kommen. (Geht nach vorn, hält sich den Kopf). Ich kann das Weinen nicht ausstehen, und Alles weint! Ich werde verrückt! Was ist denn eigentlich hier vorgegangen? (Ehrenkranz will durch die Mitte ab, stutzt, kehrt rasch um und läuft schnell in zweite Thür rechts ab).

Zwanzigste Scene.

Pirkner, Fr. Dr. Frosch durch die Mitte.

Doctorin.
Entschuldigen Sie, wenn ich störe —
Pirkner (für sich).
Die hat noch gefehlt. (Barsch). Was wollen Sie?
Doctorin.
Sie schrieben mir, daß Sie zwei meiner Gedichte — —
Pirkner (unterbrechend).
Ja wohl! Wollen Sie, oder wollen Sie nicht?
Doctorin.
Das Honorar — — —
Pirkner (unterbrechend).
Ist zwanzig Mark. (Nimmt es aus dem Portemonnaie). Hier, bitte, hier haben Sie!
Doctorin.
Ich danke! Könnten Sie nicht auch das Andere gebrauchen? Es ist zwar schmerzlich, meine heiligsten Gefühle in einem Witzblatte, aber — — —
Pirkner.
Wenn Sie nicht wollen, so geben Sie die zwanzig Mark wieder her!
Doctorin (steckt das Geld ein).
Was bleibt mir übrig? (Weinerlich). Aber es schmerzt doch, es schmerzt. (Wischt sich die Augen).
Pirkner.
Herr des Himmels! Jetzt ist meine Geduld zu Ende! (Schreit). Weinen Sie nicht!
Doctorin (weinend).
O, ich armes Weib! Solch' eine Behandlung!
Pirkner (sich in die Haare fahrend).
Ich werde verrückt, verrückt!
Doctorin.
Ich gehe! O, ich armes Geschöpf! (Will ab. In diesem Augenblicke öffnet Ehrenkranz die zweite Thür rechts und schlägt sie schnell wieder zu. Doctorin hat ihn bemerkt und schreit). Carlos, mein Carlos! (Stürzt nach rechts zweite Thür).

Pirkner.
Ist die Alte toll? He! Was wollen Sie in meinem Zimmer? (Eilt ihr nach. Ehrenkranz, gefolgt von der Doctorin, eilt aus erster Thür rechts nach Thür links).

Pirkner (ebenfalls aus erster Thür rechts).
Mein Haus ist verhext, ist ein Irrenhaus! (Man hört links Geschirr zerbrechen).

Pirkner.
Mein chinesisches Porzellan! Heiliger Himmel! (Will zur Thür links, aus welcher Ehrenkranz ihm entgegenkommt und Pirkner so umdreht, daß er der Doctorin, die auch aus Thür links herausstürzt, in die Arme fällt).

Doctorin.
Mein Carlos! (Küßt Pirkner).

Pirkner.
Hülfe! Hülfe!

Doctorin (ihn erkennend).
Ha! (Schrei). Ein Fremder! (Sinkt ohnmächtig in Pirkners Arme).

(Vorhang fällt schnell).

Ende des zweiten Actes.

Act III.

Eleganter Salon.

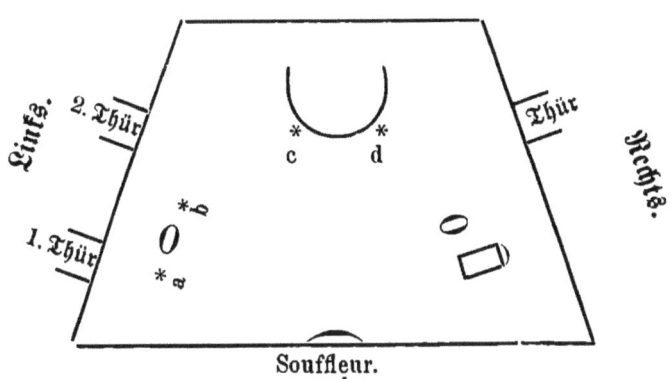

Decoration.

Eleganter Salon bei Pirkner, rechts eine, links zwei Thüren.

Möbel.

Elegante Polstermöbel. In der Mitte der Bühne ein rundes Sopha, links vorn ein Tisch mit zwei Sesseln, rechs vorn ein Tischchen und ein großer Stehspiegel. Auf dem Tischchen brennende Leuchter, Kronleuchter u. s. w.

(Die übrige Ausschmückung bleibt der Regie überlassen).

Dritter Act.

Erste Scene.

Ehrenkranz und Ziesel, ersterer auf Sessel a, letzterer auf Sessel b.

Ehrenkranz.
Das waren glückliche Zeiten! Jetzt bin ich alt und habe meinen Ruhm überlebt!

Ziesel.
Warum suchten Sie nicht bei einem dieser großen Theater für immer zu bleiben?

Ehrenkranz.
Weil eine nie zu unterdrückende Wanderlust in meiner Brust wohnt, weil ich immer weiter, immer höher strebte!

Ziesel.
Nun, vielleicht haben Sie doch noch einmal Glück!

Ehrenkranz.
Mein Glück ist die Erinnerung! Wenn ich bedenke, wie man mich feierte, diese stürmischen Hervorrufe, diese Lorbeerkränze, diese Bouquets! Ach, und die Liebesbriefchen! — — Alle Weiber schwärmten für mich, ja oft gerieth ich deshalb in bedeutende Gefahren!

Ziesel.
In Gefahren?

Ehrenkranz.
Allerdings! Wenn die Männer der Frauen dahinterkamen, da mußte ich auf meiner Huth sein. Zum Beispiel in einer Festungsstadt, den Namen zu nennen, verbietet mir die Discretion, da verliebte sich die Frau des Commandanten in mich! Ihr Gatte fand einen Brief und schwur, mich aufhängen zu lassen. Den Göttern sei Dank, ich wurde noch rechtzeitig gewarnt und konnte entfliehen!

Ziesel.
Das hätte freilich schlimm werden können.

Ehrenkranz.
O, das ist nicht das Aergste! An einem anderen Orte faßten eine türkische Baronin und eine englische Lady zu

gleicher Zeit die glühendste Leidenschaft zu mir. Trotz meiner Vorsicht entdeckten sie beide ihre Nebenbuhlerschaft. Es kommt zu einem Streit. Die englische Lady fordert die türkische Baronin und wird von dieser in einer Säbelmensur getödtet!

Ziesel.

Entsetzlich!

Ehrenkranz.

Fürchterlich! — Aber was konnte ich dafür? — —

Ziesel.

Wenn Sie so viele Erfahrungen in der Liebe gemacht haben, so sagen Sie mir doch, wie kann man wohl merken, ob ein Mädchen uns liebt, und wie würden Sie Sich dann diesem Mädchen erklären?

Ehrenkranz (überlegend).

Nichts ist einfacher als das, junger Mann! Da will ich Ihnen gleich ein Beispiel erzählen. Ich interessirte mich einst für eine polnische Gräfin, ach, das Weib war entzückend, sinnbethörend! Auf einem Balle trafen wir zusammen, sie trug eine Rose im Gürtel. Ich wollte also wissen, ob Sie mich liebt. — Zuerst sah ich sie einigemale schwärmerisch an, sie that dasselbe; dann seufzte ich, sie seufzte auch; endlich bat ich sie um die Rose, sie gab sie mir, und als ich sie an die Lippen drückte — —

Ziesel.

Die Gräfin?

Ehrenkranz.

Nein, die Rose! — Da erröthete die Gräfin! Nun wußte ich, ich bin geliebt!

Ziesel.

Also: schwärmerisch ansehen, — seufzen, — ihre Rose verlangen und diese küssen. — Das ist ja ganz leicht!

Ehrenkranz.

Es ist das sicherste Mittel.

Ziesel.

Aber die Liebeserklärung?

Ehrenkranz.
Die machte ich ihr am folgenden Tage. Ich kaufte ein großes, prachtvolles Bouquet und ging zu ihr, um zu fragen, wie ihr der Ball bekommen sei, und wie sie sich amüsirt habe? — Dann seufzte ich wieder, erzählte ihr, daß ich die Rose gepreßt und zwar zwischen den Blättern der Rolle des Don Carlos, wo er sagt: „Ein Augenblick, gelebt im Paradiese, wird nicht zu theuer mit dem Tod gebüßt!" Dann faßte ich ihre Hand, küßte dieselbe und fragte: „Ach, Olga, fühlen Sie denn gar nichts für mich?" Und zuletzt sank ich ihr zu Füßen!
Ziesel.
Schön! Großes Bouquet, — Liebesblick, — die Rose zwischen dem Don Carlos; — dann: „Fühlen Sie Nichts für mich?" und endlich — der Kniefall. —
Ehrenkranz.
Sie wollen wohl dieses Recept anwenden, Sie kleiner Schäfer? Ach, wer doch noch jung wäre!

Zweite Scene.
Vorige, Mathilde und Martha von rechts. Beide in Bauerncostüm.
Ziesel (aufstehend).
Ich wünsche guten Abend, meine Damen!
Ehrenkranz (steht auf und verbeugt sich).
Mathilde.
Herr Ziesel, dieses Zimmer ist nur für die zur Comödie gehörigen Personen bestimmt.
Ziesel.
Ich bitte um Verzeihung!
Mathilde.
Sie sei Ihnen gewährt. Gehen Sie nun aber in den Salon, Christinchen hat schon einigemale nach Ihnen gefragt!
Martha.
Sie sind ein ungalanter Ritter.
Ziesel.
Wenn ich das gewußt hätte, — ich gehe in den Salon. (Verbeugung, links zweite Thür ab).

Ehrenkranz.
Wie wunderbar kleiden Sie diese Anzüge!
Mathilde.
Finden Sie?
Martha (vor dem Spiegel).
Ich sehe ganz passabel aus, aber ein anderes Costüm wäre mir lieber gewesen, dies ist so einfach, so schmucklos!
Ehrenkranz.
Der Diamant bleibt Diamant auch in unechter Fassung!
Martha (sich umsehend).
Wie meinen Sie?
Mathilde (setzt sich auf Sessel b).
Herr Ehrenkranz spielt den Galanten. (Zu Ehrenkranz). Das hätte ich gar nicht in Ihnen gesucht!
Ehrenkranz.
O, gnädiges Fräulein, mein Herz ist noch jung!
Martha.
Dann hat es sich sehr gut conservirt!
Mathilde.
Haben Sie doch die Güte, nachzusehen, ob auf unserer kleinen Bühne Alles in Ordnung ist!
Ehrenkranz.
Mit Vergnügen! (Große Verbeugung, ab links erste Thür).

Dritte Scene.
Mathilde und Martha.
Martha (setzt sich auf das runde Sopha Platz d).
Ein alberner Mensch! Ich begreife euch nicht, daß ihr ihn zu dieser Vorstellung angenommen habt!
Mathilde.
Weil wir keinen passenden Souffleur hatten, und der arme Teufel sich gerne ein Stück Geld verdient!
Martha.
Dabei ist aber der Mensch so familiär, nennt Herrn Heise immer „Mein lieber College". — Ich würde mir das doch verbitten!

Mathilde.

Warum soll Herr Heise den alten Mann verletzen? Fällt ihm doch keine Perle aus der Krone, auch wenn er ihn als seinen Collegen gelten läßt.

Martha.

Nun gut, aber unangenehm bleibt es doch! Herr Heise ist überhaupt in diesem Punkte zu gleichgültig. Er sollte den Künstler auch im gewöhnlichen Leben mehr herauskehren; er macht so gar nichts von sich her.

Mathilde.

Wenn er nur auf der Bühne ein Künstler ist!

Martha.

Ach was, die Welt urtheilt nach dem Schein. Hoffentlich ändert er sich noch!

Mathilde.

Meinst Du?

Martha.

Gewiß! Ich schmeichle mir, ein wenig Einfluß auf ihn zu haben und werde ihm schon noch diesen äußeren Schliff beibringen!

Mathilde.

Dein Interesse ist ja gewaltig groß. Du bist wohl schon einig mit Herrn Heise?

Martha.

Einig? Wieso?

Mathilde.

Nun, er macht Dir doch auffallend den Hof, und Du läßt es Dir zum mindesten gefallen!

Martha.

Und warum nicht? Herr Heise ist gebildet, liebenswürdig, hat eine ausgezeichnete Stellung; er ist ein Talent, welches noch eine große Zukunft vor sich hat — rechne noch mein Vermögen dazu, und — —

Mathilde (unterbrechend).

Mit einem Worte, er ist eine gute Parthie, und deshalb würdest Du seine Gattin werden?

Martha.
Bist Du nicht damit einverstanden? Heirathen müssen wir doch Alle!

Mathilde.
Aber die Hauptsache ist doch die Liebe, die uns dazu bringt? Davon sagst Du kein Wort!

Martha.
Das verstehst Du nicht! Uebrigens soll auch die Liebe nicht zu kurz kommen. Ehe wir uns verbinden, werden wir unseren kleinen Roman schon haben! Ich bin nur so klug, ehe ich die Lectüre dieses Romans beginne, auf der letzten Seite nachzusehen, ob sich die Liebenden auch heirathen, und was wohl die Welt dazu sagen könnte!

Mathilde.
Du bist sehr klug!

Vierte Scene.
Vorige, Franz von rechts, als Förster gekleidet.

Franz.
Schon fertig mit der Toilette? Das nenne ich pünktlich!

Martha.
Ich möchte nicht zuhören, wie wir von den Herren verlästert würden, hätten wir zu lange gesäumt!

Mathilde (aufstehend).
Wir werden bald beginnen müssen. — Ich habe doch ein wenig Angst!

Franz (zu ihr tretend).
Das wird schon vorübergehen.

Martha.
Herr Heise scheint uns aber warten zu lassen!

Franz.
Ohne Sorgen, der wird sich nicht verspäten. Er läßt sich nur mehr Zeit, da ihn keinerlei Unruhe treibt, wie uns!

Fünfte Scene.
Vorige, Carl von rechts in Touristen-Costüm.

Carl.
Beisammen sind wir, fanget an!

Martha (aufstehend).
Fräulein Marie wird gleich erscheinen, wir warteten nur noch auf Sie. (Reicht ihm die Hand, die er küßt).

Franz (zu Mathilde).
Sie sind wirklich zu aufgeregt. Denken Sie gar nicht an die Rolle, das ist, glaube ich, das Beste.

Mathilde (gepreßt).
Es wird sich schon geben!

Martha (zu Carl).
Spielen Sie nur nicht zu leidenschaftlich! (Droht ihm mit dem Finger).

Carl.
Weshalb nicht?

Martha.
Ich könnte sonst auf Goldchen eifersüchtig werden.

Mathilde.
Wenn es nur schon anginge, das Warten ist unerträglich!

Franz.
Die erste Scene haben Fräulein Martha und Fräulein Marie, dann treten Sie ja gleich auf. Ich muß noch viel länger warten!

Sechste Scene.
Vorige, Marie von rechts, als Försterin gekleidet.

Marie.
Wir können beginnen, das Publicum harrt im Salon.

Carl.
Also ohne Aufenthalt und noch eine Bitte: In den freien Scenen halten Sich die Herrschaften womöglich hier auf, nicht hinter den Coulissen.

Martha.
Ganz wie Sie befehlen, Herr Regisseur! (Lächelt ihm zu).
(Marie und Martha ab links erste Thür. Franz stellt sich vor den Spiegel, Carl tritt zu Mathilde).

Carl (zu Mathilde).
Sind Sie mir noch böse?

Mathilde (erstaunt).
Ich? Sie haben mir ja Nichts gethan!

Carl (warm).
Vielleicht doch! Aber ich werde mich bessern!
Mathilde.
Ich weiß in der That nicht, was Sie meinen!
Carl.
Wenn auch — geben Sie mir Ihre Hand. (Mathilde reicht sie ihm zögernd). Also wieder meine kleine Freundin! (Küßt die Hand, schnell ab links erste Thür. Mathilde sieht ihm verwundert nach).
Franz.
Es ist doch merkwürdig, ich glaube, auch mich beschleicht jetzt so ein kleines Bühnenfieber; ich muß mich wirklich zusammennehmen! (Man hört ein Klingelzeichen). Der Vorhang geht auf! (Zu Mathilde). Nur Ruhe! Ruhe!
Mathilde.
O, ich bin auch ruhig, ganz ruhig! (Sehr erregt). Ich glaube, ich werde sehr gut spielen! (Drückt Franz die Hand, schnell ab links erste Thür).

Siebente Scene.

Franz, allein.

Franz (ihr nachblickend).
Sonderbar! Goldchen ist seit einigen Tagen ganz wie ausgewechselt, ich kenne sie kaum wieder. Aus dem Kinde scheint plötzlich eine Dame geworden zu sein. — Sollte Carl am Ende doch Recht haben? — Lächerlich! Wie kann ich nur einen Moment zweifeln? Vergieb, vergieb mir, Goldchen! Wie freundlich war sie eben wieder zu mir, wie herzlich sprach sie, wie drückte sie meine Hand. — Ich bin ein Thor! — — Und doch beschleicht mich oft eine eigene Angst, ein Gefühl, das ich nicht zu nennen vermag, das aber mein Herz zusammenschnürt mit furchtbarer Gewalt. — — Diese Zweifel, diese Zweifel, — wer mir Gewißheit gäbe! — — Und kann ich sie nicht haben? — Warum bin ich so blöde? Ist sie nicht stets gütig gegen mich? — Was zaudere ich, — — mein Entschluß ist gefaßt: noch heute erkläre ich mich ihr, dann weiß ich wenigstens, wie es um mich steht. — (Aufathmend). Ach, schon dieser Gedanke erleichtert! Fort mit

den Sorgen, — vor der Rolle habe ich Angst, das ist es! (Lachend). Franz, alter Junge, Du taugst nicht zum Comödianten, aber heute hilft's nicht, Du mußt spielen!

Achte Scene.
Vorige, Marie von links erste Thür.
Marie.
Herr Heise ist schon auf der Scene, Sie kommen bald!
Franz.
Ich eile! (Im Abgehen, für sich). Auch ich werde gut spielen! (Schnell ab links erste Thür).
Marie.
Er leidet, ich weiß es. Wie gerne würde ich ihm helfen, läge es in meiner Macht; ich will ja nur sein Glück! Das ist ja Beruf der alten Jungfern, Andere glücklich zu machen, und es liegt darin ja auch etwas Glück für uns!

Neunte Scene.
Vorige, Fr. Dr. Frosch und Jette von rechts, später Franz von links erste Thür.
Jette (noch außen).
Die Herrschaften lassen sich aber heute nicht sprechen!
Doctorin (im Eintreten).
Lassen Sie mich nur! (Zu Marie). Ach, mein liebes Fräulein, entschuldigen Sie, entschuldigen Sie, nur ein Wort gestatten Sie mir!
Marie.
Einen Augenblick habe ich Zeit, wenn Sie Sich kurz fassen wollen!
Jette.
Ich kann nichts dafür, aber — —
Marie (zu Jette).
Schon gut, gehe jetzt! (Jette ab nach rechts).
Doctorin.
Es handelt sich um mein Lebensglück, um meine Zukunft! Ich bin nicht aufdringlich, liebes Fräulein, aber mir blieb keine andere Wahl! Ich durfte mich nicht abweisen lassen, unter keiner Bedingung.

Marie.
Ich muß bitten, mir Ihr Anliegen zu nennen!
Doctorin.
Entschuldigen Sie, ich will Sie ja nicht aufhalten; nur eine Frage beantworten Sie mir, es handelt sich um mein Lebensglück!
Marie.
Und diese Frage ist?
Doctorin.
Werden Sie auch nicht übel von mir denken? Ach, es wird mir so schwer!
Marie.
Ich muß Sie verlassen, wenn Sie mir nicht sagen, was Sie eigentlich wollen.
Doctorin.
Ist Herr Ehrenkranz hier?
Marie.
Allerdings!
Doctorin (schnell).
Wo? In welchem Zimmer? Ich beschwöre Sie!
Marie (auf links erste Thür deutend).
Dort im Salon!
Doctorin (will in den Salon).
Ich muß zu ihm!
Marie.
Das ist unmöglich, Herr Ehrenkranz soufflirt jetzt. Sie würden das ganze Fest stören!
Doctorin.
So gestatten Sie mir, hier auf ihn zu warten!
Marie.
Es thut mir leid, Ihnen auch das abschlagen zu müssen; aber unten im Gartenzimmer können Sie verweilen, so lange es Ihnen beliebt.
Doctorin.
Muß man jenes Zimmer passiren, wenn man, aus dem Salon kommend, das Haus verläßt, oder giebt es noch einen Ausgang?

Marie.

Jeder, der von hier auf die Straße will, muß durch jenes Zimmer!

Doctorin.

Dank, tausend Dank! Sie geben mir das Leben wieder. Nun kann er mir nicht entwischen! Ich gehe und werde unten warten. Leben Sie wohl, liebes Fräulein! Diesmal halte ich ihn fest! Mein ist der Helm, und mir gehört er zu! (Schnell ab nach rechts).

Franz (links durch erste Thür hineinrufend).
Fräulein Marie, Fräulein Marie! Sie kommen gleich!

Marie.

Ich danke für Ihre Aufmerksamkeit. (Ab nach links erste Thür).

Zehnte Scene.

Ziesel von links zweite Thür, überall suchend.

Ziesel.

Wo habe ich nur meine Mütze und meinen Mantel abgelegt? — — Hier in diesem Zimmer war ich zuerst — (bemerkt auf der dem Publicum abgekehrten Seite des runden Sophas Mantel und Mütze). Ach, da liegt ja das Gesuchte! (Zieht die Handschuhe aus). Glücklicher Weise habe ich mir für den Ball noch ein Paar Handschuhe eingesteckt. Die Theatervorstellung ist bald zu Ende, dann wird man tanzen, und nun habe ich mir die Handschuhe geplatzt! (Nimmt aus der Manteltasche ein Paar Handschuhe, die er anzieht). Gott sei Dank, daß ich den Schaden so leicht ausbessern kann, in welcher Verlegenheit wäre ich sonst gewesen! — — Wie aufmerksam Fräulein Christine gegen mich ist. Die hat ein Herz und ist nicht so spottlustig, wie Goldchen. Ich begreife gar nicht, daß ich mich nicht gleich für Fräulein Christine interessirte! Wenn ich nur gewiß wüßte, daß ich ihr auch nicht gleichgültig bin! — Wie war doch das gleich? Schwärmerisch ansehen, — seufzen, — die Rose verlangen, — die Rose küssen, — richtig! Nächster Tag großes Bouquet, — dann wieder — —

Elfte Scene.

Vorige, Christine im Ballkleide von links zweite Thür.

Christine.

Wo stecken Sie denn, Herr Ziesel? Auf einmal waren Sie aus dem Salon verschwunden. —

Ziesel.

Ach, Vergebung! Aber meine Handschuhe — —

Christine.

Ach, es ist so heiß da drinnen, hier ist es eigentlich viel angenehmer; ich will mich einen Augenblick erholen. (Setzt sich auf Sophaplatz c).

Ziesel (für sich).

Ob ich es wage? So leicht kommt die Gelegenheit nicht wieder. Wir sind auf einem Balle, — sie trägt eine Rose — — Courage! (Sieht sie schmachtend an, laut). Ja, erholen wir uns einen Augenblick!

Christine (kleine Pause).

Warum sehen Sie mich denn so durchbohrend an?

Ziesel.

Durchbohrend?

Christine.

Ist meine Frisur in Unordnung?

Ziesel.

O nein, ich sehe Sie ja gar nicht durchbohrend an!

Christine.

Warum machen Sie denn so große Augen?

Ziesel (für sich).

Das geht nicht. Probiren wir es mit Nummer zwei! (Seufzt).

Christine.

Fehlt Ihnen etwas? Die Hitze scheint Sie unwohl gemacht zu haben!

Ziesel.

O nein, Fräulein Christine, mir ist im Gegentheil sehr wohl, sehr wohl!

6*

Christine.
Nun, das freut mich!
Ziesel.
Mir ist immer wohl, wenn ich bei Ihnen bin!
Christine.
Ist das wirklich wahr?
Ziesel.
Ich gebe Ihnen mein Ehrenwort. (Seufzt).
Christine (seufzt auch).
Ziesel (für sich).
Sie hat geseufzt! (Laut). Ach, mein Fräulein!
Christine (verlegen).
Herr Ziesel?
Ziesel.
Ich weiß nicht, ob ich es wagen darf — —
Christine.
O, wagen Sie nur!
Ziesel.
Ich hätte eine große Bitte, eine recht große Bitte; aber Sie dürfen mir nicht böse sein!
Christine.
Bitten Sie nur!
Ziesel.
Versprechen Sie mir, meine Kühnheit zu verzeihen?
Christine.
Ich verspreche es!
Ziesel.
Nun, so — so — schenken Sie mir die Rose!
Christine (erstaunt).
Welche Rose?
Ziesel.
Die Sie da im Gürtel tragen!
Christine (enttäuscht).
Nein, die Rose bekommen Sie nicht!
Ziesel.
Nicht? (Für sich). Sie liebt mich doch nicht!

Christine.
Ich gehe wieder in den Salon. (Geht bis an die zweite Thür links, Ziesel bleibt vorn stehen. Christine dreht sich um, nimmt die Rose aus dem Gürtel). Herr Ziesel?

Ziesel (sich zu ihr wendend).
Gnädiges Fräulein?

Christine (ihm die Rose zuwerfend).
Da! Fangen Sie! (Schnell ab. Man hört einen kurzen Applaus hinter der Scene).

Ziesel (läßt die Rose).
Sie liebt mich! — Morgen kaufe ich das Bouquet! (Eilt ihr nach).

Zwölfte Scene.
Carl und Franz von links erste Thür, Pirkner von links zweite Thür.

Pirkner (auf Beide zugehend).
Ausgezeichnet, ausgezeichnet! Sie hätten mir keine größere Freude bereiten können! Ich bin förmlich wieder jung geworden! Nicht wahr, Goldchen? Ausgezeichnet, ausgezeichnet! (Beiden die Hand schüttelnd).

Carl.
Nun, so hat der Scherz seinen Zweck erfüllt!

Pirkner.
Doch, nun kommen Sie mit in den Salon, die Gäste wollen die Künstler von Angesicht zu Angesicht begrüßen, und ein dreimaliger Tusch soll sie empfangen.

Franz.
Wir wollen die Damen erst erwarten!

Carl.
Sie kleiden sich um, während wir in den Costümen bleiben wollen.

Pirkner.
Nun so werde ich meine Gäste noch hinhalten; aber machen Sie schnell, entziehen Sie Sich nicht zu lange der wohl verdienten Bewunderung! Ausgezeichnet, ausgezeichnet! Nicht wahr, Goldchen? (Ab links zweite Thür).

Franz.
Herr Pirkner kann sich nicht mehr freuen, als ich. Goldchen spielte reizend, sie riß Alles hin und mich auch!

Carl.

Gewiß, sie ist eine Künstlerin, sie kann sich getrost den bedeutendsten Schauspielerinnen zur Seite stellen! (Beide reden immer schneller und erregter).

Franz.

Wie drollig war sie in den ersten Scenen!

Carl.

Wie wunderbar war der Uebergang!

Franz.

Wie sie so nach und nach die Liebe empfand und verstand!

Carl.

Wie sie sich anfangs sträubte gegen das Gefühl!

Franz.

Und wie das Gefühl sie doch besiegte, doch sie endlich ganz und gar erfüllte!

Carl.

Der Ton ihrer Stimme, so glockenrein, so melodisch!

Franz.

Diese Wärme der Empfindung im Ausdruck!

Carl.

Es klang Alles so herzlich, so lieblich und doch so ungesucht!

Franz.

Ein Haideröschen!

Carl.

Ein Engel! (Sind beide auf und ab gegangen, bleiben jetzt stehen und betrachten sich).

Franz (mißtrauisch).

Du bist ja wie umgewandelt? Du, der Kalte, der Besonnene, redest wie ein Schwärmer!

Carl (ausweichend).

Du rissest mich mit Dir fort. Es ist die Aufregung, das Blut ist noch in Wallung!

Franz.

Man möchte Dich fast für geheilt halten von Deiner Gefühllosigkeit!

Carl.

O nein, das vergeht rasch wieder, nur zu rasch! Ich bin kein Träumer!

Franz.

Ich werde Dich doch noch besiegen, und dann sollst Du mich keinen Träumer mehr schelten.

Carl.

Kehren wir in die Wirklichkeit zurück. — Wenn wir auch in diesen Kleidern bleiben, so müssen wir uns doch noch ein wenig zurechtstutzen für den Ball.

Franz.

So laß' uns auf mein Zimmer gehen, die Damen werden noch eine geraume Zeit brauchen. (Beide rechts ab).

Dreizehnte Scene.

Ehrenkranz von links erste Thür, dazu Jette von rechts.

Ehrenkranz.

Alles läuft davon, und mich läßt man allein. Ja, so ist es in der Welt! Der Mohr hat seine Schuldigkeit gethan, der Mohr kann gehen!

Jette (auftretend).

Haben Sie Fräulein Marie nicht gesehen?

Ehrenkranz.

Nein, du reizende Nymphe!

Jette.

Was bin ich?

Ehrenkranz (sie umfassend).

Du bist meine Louise! Wer sagt Dir, daß Du noch etwas sein solltest?

Jette (sich losmachend).

Lassen Sie mich los, ich heiße nicht Louise, ich heiße Jette; lassen Sie mich, oder — —

Ehrenkranz.

Ich fürchte Nichts, Nichts, als die Grenzen Deiner Liebe!

Jette (hat sich losgemacht).

Sie haben wohl zu viel getrunken?

Ehrenkranz.
Louise, Deine Seele ist matt wie Deine Limonade!
Jette.
Muß eine nette Limonade gewesen sein! Uebrigens werden Sie erwartet.
Ehrenkranz.
Erwartet? Von wem?
Jette.
Na, von der alten Schachtel, von der Doctorin!
Ehrenkranz.
Wer bringt dies Bild vor meine Augen?
Jette.
Gehen Sie nur hinunter, sie sitzt im Garten=Zimmer, gerade vor der Thüre. Das ist wohl Ihre Louise? Hahaha! (Lachend ab nach links zweite Thür).
Ehrenkranz.
Wie ist da zu entkommen? Wie entrinn' ich dem Verderben? (Militair=Mantel und Mütze bemerkend). Ha! Ich hab's, das geht! (Wirft sich den Mantel um und setzt die Mütze auf). Rette sich, wer kann! (Schnell ab nach rechts).

Vierzehnte Scene.

Mathilde im weißen Ballkleid von links erste Thür.

Mathilde (vor den Spiegel tretend).
Wie sehe ich denn aus? So ziemlich! Sonderbar, mir ist jetzt nach der Comödie, als wäre mir ein Stein vom Herzen genommen. Ich fühle mich wieder so erleichtert, wieder so wie früher! (Sieht in den Spiegel). Bist Du wieder das alte Goldchen? Hahaha! Das dumme Gesicht! Und doch habe ich es lieber, als ein ernstes! Ja, Goldchen, ich mag Dich so viel lieber, viel lieber! Wenn Du mich so anlachst, dann muß ich mitlachen, und lachen ist viel gesünder, als weinen! Hahaha! (Lacht). So ist es recht, Goldchen, dafür bekommst Du auch einen Kuß, einen ganz süßen Kuß. (Küßt sich im Spiegel). Wenn ich nur schon tanzen könnte, so recht viel tanzen! Heut' lasse ich nicht einen einzigen Tanz aus!

Fünfzehnte Scene.
Mathilde, Carl von rechts.

Carl (ihr die Hand gebend).
Brav, Goldchen, brav gespielt! Sie sind ein großes Talent!

Mathilde.
Das glaube ich nicht, aber als ich so plötzlich vor den Leuten stand, da wurde mir ganz eigen zu Muthe, und da kam das Alles so von selbst.

Carl.
Das ist das Richtige, das Natürliche! Soll die Bühne nicht ein Spiegel sein der Welt, wie diese eben ist?

Mathilde.
Darüber habe ich gar nicht nachgedacht, und das ist mir auch viel zu gelehrt! Ich spielte nur nach meinem Gefühl!

Carl.
Was kein Verstand des Verständigen sieht, das übet in Einfalt ein kindlich Gemüth!

Mathilde.
Ich bin auch recht einfältig. (Lacht).

Carl.
Sie können jedenfalls stolz sein auf Ihre Leistung!

Mathilde.
Stolz? Nein, das bin ich nicht! Aber ich fühle mich so wohl, so leicht. Ist Ihnen auch so zu Muthe?

Carl.
Ja, Goldchen, auch ich befinde mich in gehobener Stimmung!

Mathilde.
So müssen Sie immer sein, nicht wie sonst die häßlichen Falten auf der Stirn tragen!

Carl.
So Gott will, sollen die Falten nie mehr erscheinen.

Mathilde.

Das freut mich von Herzen! Und die Comödie hat Sie so verändert?

Carl.

Nein, Goldchen, aber ich hatte diese Nacht einen Traum, der hat die Falten verwischt!

Mathilde.

Ach, erzählen Sie mir den Traum! (Carl setzt sich auf Sophaplatz d, Mathilde auf c).

Carl.

Gerne, Goldchen! Sie sollen mir den Traum deuten! Also hören Sie: Mir träumte, ich wäre ein Knabe, jung an Jahren, mit blonden Locken und hellen, klaren Augen. Ich wandelte in einem Paradiese und freute mich der schönen Welt! Hell strahlte die Sonne, und Alles grünte und blühte! Mein Herz war so froh und heiter, aber auch leicht traurig und ernst. Die Blume, der Schmetterling konnten mich entzücken und fröhlich lachen machen, wie ich über den todten Schmetterling, über die gebrochene Rose weinen konnte, heiße Thränen! — — Da trat ein böser Geist in Gestalt eines wunderschönen Weibes in mein Eden. Und das Weib bestrickte all' meine Sinne, nahm all' mein Denken und Fühlen gefangen. Ich lag ihr zu Füßen und flehte um ihre Liebe, sie versprach auch, mir angehören zu wollen, wenn ich ihr mein Herz schenkte, sie wollte mir dafür das ihrige geben. Wohl klopfte es mir da ängstlich in der Brust und warnte mich, doch ich liebte ja das schöne Weib und sie bat, bat so sehr, daß ich nicht widerstehen konnte — ich schenkte ihr mein Herz! — — — Da lachte sie mir höhnisch in's Gesicht, zerriß mein armes Herz in tausend Stücke und trat es mit Füßen. Sie hatte mich belogen, betrogen, — sie hatte gar kein Herz! — Nun war ich wieder allein, aber der Sommer schwand, und es kam der Winter. Alles um mich her wurde kahl, all' die Blumen und Bäume starben ab, all' die bunten Schmetterlinge erfroren, und Schnee und Eis bedeckte das herrliche Paradies.

Mich fror, fror bis in's innerste Mark. Ich konnte nun nicht mehr lachen, nicht mehr weinen; auch ich ward zu Eis, zu starrem, kaltem Eise! — — So vergingen Jahre, aber bei mir wurde es nicht mehr Frühling, nicht mehr Sommer! — Da schwebte ein holder Engel zu mir hernieder, und weil er mich so starr basitzen sah, fühlte er Mitleid und wollte mich beleben und erheitern. Er neckte mich, erzählte mir allerlei schnurrige Geschichten und lachte und scherzte, doch ich blieb ungerührt. Ja, ich schmähte diesen Engel, denn ich glaubte, auch er wolle ein böses Spiel mit mir treiben! — — So wurde endlich auch der Engel traurig und setzte sich still neben mich; und wie er so basaß an meiner Seite, hörte ich sein Herzchen pochen, er jedoch vernahm keinen Herzschlag bei mir. — Nun wußte der Engel, was mir fehlte, daß ich kein Herz habe. Er aber faßte in seine Brust, brach sein Herz entzwei und schenkte mir die eine Hälfte! — Da wurde es auf einmal wieder Sommer, das Eis fing an zu schmelzen, die Sonne sandte ihre Strahlen wieder herab auf mich und mir wurde wieder warm. Ich fühlte, wie es in mir anfing zu pochen, zu hämmern und stärker, immer stärker! Da lachte ich hell auf vor Freude und sank dem Engel zu Füßen, und eine Thräne, so heiß, so bitter und doch so süß netzte mein Auge! — — Ja, Goldchen, ich lebe wieder, fühle, glaube wieder, denn Du, Goldchen, Du bist der Engel, der mich auferweckt, Du gabst mir mein Paradies zurück, und ich werde ewig, ewig darin leben, es nie wieder verlieren, wenn Du, Goldchen, Dein Herz nicht von mir wiederforderst. — — Goldchen! Willst Du, willst Du Dein reines, schönes Kinderherz mit mir theilen? — —

Mathilde (ist, wie Carl persönlich wurde, aufgestanden und wirft sich ihm halb lachend, halb weinend an die Brust).
Ja! ja, ich will!

Franz (ist während der letzten Worte von rechts aufgetreten, jetzt ruft er mit dem Ausdruck des höchsten Schmerzes):
Goldchen! — —

Carl (zugleich mit Franz mit dem Ausdruck der größten Seligkeit):
Goldchen! — —

Mathilde (reißt sich los, schnell ab nach links zweite Thür. Als sie die Thür öffnet, hört man einen dreimaligen Tusch hinter der Scene).

Carl (Franz umarmend).

Freund, Bruder! Ich bin glücklich, ich bin geheilt! (Stürzt Mathilde nach).

Franz (sinkt auf das Sopha).

Ich bin erwacht! —

(Vorhang fällt schnell).

Ende des dritten Actes.

Act IV.

Decoration und Möbel wie Act 1 und 2.

Vierter Act.

Erste Scene.

Franz, durch die Mitte kommend.

Franz.

Der Tag, der Morgen besänftigt! Und wie sieht der neue Morgen aus? Was habe ich von dem Tage zu erwarten? Qual und Schmerz! Ich sehne mich nach dem Abend, in seinem Schatten wohnt Ruhe und Vergessen! — Vergessen, das ist nun die Aufgabe meines Daseins! — Ich blöder Thor, ich eitler Geck, der ich glaubte, geliebt zu werden, was kann ich einem Weibe bieten? — Ein Herz? Verehrung? Liebe? — Was fragt ein Weib nach dem Herzen! Verehrung? Wird sie nicht von Hunderten verehrt? Und Liebe, reine, wahre Liebe, kann diese ein Weib verstehen, begreifen, würdigen? — Nein! — Ich war ein Träumer und glaubte an Ideale! — Gefühllos muß man sein gegen die Künste der Kokette, das reizt! Beleidigen muß man sie, um zu imponiren! Quälen muß man sie, um ihr Gefühl zu erwecken, und unter die Füße muß man sie treten, dann ist man ein Mann, dann ist man begehrenswerth, dann wird man bewundert! — Wie recht hattest Du, Carl! Wie fühle ich mich so ganz besiegt. — Ich bin ein Kind, so zu denken, lachen muß ich darüber, daß ich so alt werden konnte, ehe ich aus dem Knaben zum Manne ward! — Eins bleibt mir noch — meine Kunst, und ihr sei fortan mein Leben geweiht, sie allein wohne in meinem Herzen, fülle meine Seele. — Ich gehe nach Italien, an den geheiligten, geweihten Stätten, an der Wiege der Kunst werde ich mich aufrichten und ihr wahrer Priester werden! — Ich muß fort, so schnell als möglich. Der Abschied wird mir nicht schwer werden, ich habe keine Freunde — die Bekannten werden sich leicht trösten! Carl? Ist er noch mein Freund? Ich will es glauben, aber er hat Jahre lang ohne mich gelebt und jetzt, an der Seite eines jungen Weibes, wie sollte er mich da vermissen?

Zweite Scene.

Vorige, Marie von links.

Marie (für sich).
Da ist er, wie beklage ich ihn! (Laut.) Schon so früh auf nach dem gestrigen Feste? Ich glaubte noch Alles im tiefsten Schlaf, und überall sehe ich schon reges Leben!

Franz.
Die Aufregung des gestrigen Abends ließ mich nicht schlafen, ich schöpfte frische Luft und hing meinen Gedanken nach!

Marie.
Es ist nicht gut, sich so allein seinen Gedanken zu überlassen, wenn diese Kinder des Geistes so finster sind wie die Ihrigen, denn Ihre Stirn ist umwölkt.

Franz.
Es wird mir schwer, mich von dem alten Leben zu trennen, und doch muß ich ein neues beginnen!

Marie (erstaunt).
Wie soll ich das verstehen?

Franz.
Ich will fort, ich gehe nach Italien!

Marie (schmerzlich).
Sie wollen uns verlassen?

Franz.
Es muß sein! Sie wissen ja, daß ich schon lange diesen Gedanken mit mir herumtrug, heute ist er zum festen, unwiderruflichen Entschluß geworden!

Marie (wiederholend).
Unwiderruflich! (Setzt sich auf Sophaplatz c).

Franz (nimmt Platz auf Sessel d).
Meinen Sie nicht, daß ich es mir schuldig bin? Meinen Sie nicht, daß mein Talent mich hinweist auf große Aufgaben, oder täusche ich mich darin, bin ich ein Pfuscher?

Marie.
Wie können Sie dieses Wort von sich gebrauchen? Wie klingt das so muthlos!

Franz.
Man täuscht sich oft!
Marie.
Aber doch nicht in sich selbst? Sie haben mich gefragt, und so sage ich Ihnen denn, daß ich Ihr Talent hoch, sehr hoch schätze, daß ich glaube, Ihre Fähigkeiten werden sich in guter Schule noch mehr entwickeln, ja, daß ich fest überzeugt bin, Sie einst als großen, ruhmgekrönten Meister wiederzusehen!
Franz (warm, ihre Hand fassend).
Haben Sie Dank für Ihre Worte. Ich will sie in meine Seele schreiben mit unauslöschlichen Lettern, und wenn ich einst an mir zweifle, werde ich sie mir wiederholen und muthig weiter streben und ringen!
Marie.
Wie schön liegt die Zukunft vor Ihnen! Strecken Sie nur kühn die Hand aus, um den Lorbeer zu pflücken, erst ein Blatt, dann ein zweites, und so entsteht allmählich der Kranz, der den Meister schmückt!
Franz.
Mit welcher Zuversicht Sie sprechen!
Marie.
Weil ich an Sie glaube!
Franz.
Ich werde mich dieses Glaubens würdig zu machen suchen!
Marie (gepreßt).
Und werden Sie bald diesen Entschluß ausführen?
Franz.
So bald ich kann! Ihr Herr Papa wird leicht einen Ersatz für mich finden, meine Verhältnisse sind geordnet, was sollte mich noch fesseln?
Marie.
Und wird es Ihnen gar nicht ein wenig schwer, die Heimath zu verlassen?